HEYNE BÜCHER

SCIENCE FICTION

Ein vollständiges Verzeichnis aller
im HEYNE VERLAG erschienenen STAR TREK-Romane
finden Sie am Schluss des Bandes.

STAR TREK VOYAGER™

DIANE CAREY

ENDSPIEL

Roman

Star Trek®
Voyager™
Band 23

Deutsche Erstausgabe

WILHELM HEYNE VERLAG
MÜNCHEN

HEYNE SCIENCE FICTION & FANTASY
Band 06/5823

Titel der amerikanischen Originalausgabe
ENDGAME
Deutsche Übersetzung von Andreas Brandhorst

Umwelthinweis:
Dieses Buch wurde auf chlor- und
säurefreiem Papier gedruckt

Redaktion: Rainer Michael Rahn

Erstausgabe by Pocket Books/Simon & Schuster Inc., New York

Printed in Germany 2001
Umschlagbild: Pocket Books/Simon & Schuster, New York
Umschlaggestaltung: Nele Schütz Design, München
Technische Betreuung: M. Spinola
Satz: Schaber Satz- und Datentechnik, Wels
Druck und Bindung: Ebner Ulm

ISBN 3-453-21062-X

Für Jeff ›Vern‹ Archer:
Für all die Hilfe
und den Enthusiasmus: Danke!

1

Feuerwerk gleißte hoch über dem dunklen Wasser, das die Lichter der Stadt widerspiegelte. Farben schimmerten am Nachthimmel über der Bucht von San Francisco. Auf der renovierten Golden Gate Bridge – sie war schon seit langer Zeit ein Symbol und niemand konnte sich diese Stadt ohne sie vorstellen – jubelten Tausende über die farbenprächtigen Explosionen am Himmel. Die Stadt präsentierte Millionen von Lichtern, zu geometrischen Mustern angeordnet, und sie begannen nun zu blinken, in einer koordinierten Huldigung. Die Brücke war alt und das Feuerwerk eine noch viel ältere Kunst, aber beides zusammen bildete eine überaus moderne Szene, wie sie allein ein großes Bevölkerungszentrum schaffen konnte.

Der walartige Leib eines Raumschiffs glitt durch die faserigen Wolken nach unten, berührte fast die Brückenpylonen und stieg im letzten Augenblick wieder auf. Das Glühen der Warpgondeln tanzte übers finstere Wasser, als sich der primäre Rumpf aufrichtete, dem gleißenden Feuerwerk entgegen.

Die vielen Zuschauer auf der Brücke winkten begeistert. Das Raumschiff flog über sie hinweg, wendete und näherte sich erneut.

Es wirkte ein wenig altmodisch, trotz der fremden Komponenten, die an vielen Stellen Teile der ursprünglichen Außenhülle ersetzten. Kratzer und Brandspuren zeigten sich in den übrigen Bereichen. Das Schiff wirkte wie ein altes Kriegsross, das noch immer den Kopf hoch erhoben hielt, trotz blutender Flanken und einer zerzausten Mähne.

»Diese Bilder sollten allen vertraut sein, die sich an die triumphale Rückkehr der U.S.S. *Voyager* nach sechsundzwanzig Jahren im Delta-Quadranten erinnern. Überall in der Föderation bewegte die *Voyager* Gedanken und Gefühle von Millionen Bürgern. Deshalb erscheint es nur angemessen, dass wir am zehnten Jahrestag ihrer Rückkehr der Opfer ihrer Crew gedenken.«

Der Nachrichtensprecher klang nicht gerade mitreißend. Vielleicht hatte er den Text zu oft gelesen.

Doch die Show wirkte recht beeindruckend. Neu war das koordinierte Blinken der Stadtlichter. Der zehnte Jahrestag.

Zehn Jahre … Es schienen vierzig zu sein.

Und sechsundzwanzig Jahre im All, in der Ferne gestrandet, jeden Tag mit Hoffnungslosigkeit, Verzweiflung, Kämpfen, Herausforderungen und Isolation konfrontiert. Alles vorbei.

Wie seltsam: Die schwersten Zeiten im Leben konnten im Nachhinein betrachtet zu den besten werden. Was sich Menschen angeblich am meisten wünschten – Frieden und Ruhe, leichtes Vorankommen, Sicherheit –, bildete oft nicht die Grundlage der Erfahrungen, die einen besonders angenehmen Eindruck hinterließen. Sie waren auch nicht unbedingt das, was Personen zusammenhielt.

Nostalgie. Kathryn Janeway blätterte im Buch ihres Lebens zurück zu jenem anstrengenden Vierteljahrhundert des Fluges durch den Delta-Quadranten. Fern der Heimat und ganz auf sich allein gestellt hatte sie versucht, Schiff und Crew mit Hilfe eines Ideals zusammenzuhalten. Gleichzeitig war sie bestrebt gewesen, das Ideal selbst zu schützen und zu verhindern, dass es verblasste.

Einmal mehr fragte sie sich, ob es richtig gewesen

war, auf dem Versuch zur Heimkehr zu bestehen. Sie hätten sich anderen Zivilisationen anschließen oder den Rest ihres Lebens auf irgendeinem hübschen Planeten verbringen können, um dort Familien zu gründen und neues Glück zu finden. Welche Entscheidungen hätte Janeway getroffen, wenn ihr von Anfang an klar gewesen wäre, dass die Rückkehr sechsundzwanzig lange Jahre in Anspruch nehmen würde?

Oh, wie alt war diese Frage? Inzwischen älter als die ganze Reise. Alt und verschrumpelt. Seit dem Transfer der *Voyager* über siebzigtausend Lichtjahre hinweg hatte sie sich jeden Tag damit beschäftigt. Aber sie war entschlossen genug gewesen, an der einmal getroffenen Entscheidung festzuhalten. Warum jetzt zurückblicken?

Sechsundzwanzig Jahre …

Sie griff nach der Kaffeetasse, einer ihrer Verbindungen zu der langen Odyssee, und drehte sie ein wenig, um die angeschlagene Stelle am Rand zu meiden. Sechsmal hatte Janeway diese Tasse vor aufmerksamen Adjutanten gerettet, die sie durch eine neue ersetzen wollten.

»Heute Morgen wurde im Tri-Nebel Anklage gegen ein Glücksspiel-Konsortium der Ferengi erhoben …«, fuhr der Nachrichtensprecher fort.

»Computer, Display deaktivieren.«

Janeway stand von der viktorianischen Couch auf und trat am Korbtisch vorbei zum breiten, gewölbten Fenster. Im Glas zeichnete sich das vage Spiegelbild einer Frau mit silbergrauen Strähnen im Haar ab. Sie fand Gefallen daran. Vielleicht erlaubte sie sich ein wenig Eitelkeit, doch abgesehen von den Strähnen glaubte sie, sich kaum verändert zu haben. Einige Falten hier und dort … Aber nur einige wenige.

Jenseits ihres Spiegelbilds erstreckte sich die Bucht von San Francisco mit der Golden Gate Bridge. Dieser fächerförmige Teil des Apartmentgebäudes war vom

Architekten so geplant worden, dass alle Bewohner dieses prächtige Panorama genießen konnten. Hier ließen sich gern Admirale nieder, die Starfleet Command nahe sein wollten, ohne direkt auf dem Gelände zu wohnen. Für Janeway aber hatten Brücke und Bucht eine größere – und auch eine andere – Bedeutung als für die übrigen Admirale.

Hoffentlich blieb diese Bedeutung nach diesem Tag noch erhalten.

Invasion.

Ein weiteres Treffen.

Das Apartment füllte sich immer mehr mit Leuten aller Art: Menschen und Extraterrestrier, jung und alt, Starfleet-Angehörige und andere – die überlebenden Crewmitglieder der *Voyager* und ihre Familienangehörigen. Getränke, Vorspeisen, leise Musik, Gelächter, gelegentlich ein Lächeln. Janeway stand hinter dem Regenschirmbaum und beobachtete, wie ein Kind zu Harry Kim trat, der sich mit jemandem unterhielt, und an seinem Ärmel zupfte.

Kim bekleidete jetzt den Rang eines Starfleet-Captains und hatte ein eigenes Raumschiff – außer ihm war kein anderes Besatzungsmitglied der *Voyager* bereit gewesen, eine solche berufliche Laufbahn einzuschlagen. Es hatte ihn einige Mühen gekostet, dieses Ziel zu erreichen; einige graue Stellen in seinem Haar wiesen darauf hin. Aber letztendlich waren seine Anstrengungen von Erfolg gekrönt gewesen. Oh, ja, Janeway hatte ihre Beziehungen genutzt, um das eine oder andere Hindernis für ihn aus dem Weg zu räumen – warum auch nicht?

»Hallo«, grüßte Kim das Kind an seinem Ellenbogen.

»Wie heißt du?«, fragte das kleine Mädchen.

»Harry. Und du?«

»Sabrina.«

»Naomis Tochter? So groß bist du geworden?«

»Ich erinnere mich nicht an dich.«

»Am letzten Treffen dieser Art habe ich vor vier Jahren teilgenommen.« Kim straffte stolz die Schultern. »Ich bin mit einer Forschungsmission im All beauftragt gewesen.«

»Und die hat vier Jahre gedauert?«

Janeway lächelte. Für ein Kind waren vier Jahre eine Ewigkeit.

»Im Vergleich mit der Zeit an Bord der *Voyager* war es nur ein langes Wochenende. Kannst du deine Mutter für mich finden? Ich würde sie gern begrüßen.«

Das Mädchen nickte und eilte fort. Janeway sah eine gute Gelegenheit. Sie wollte mit Kim reden, aber nur mit ihm allein, nicht mit einigen lächelnden Verwandten, die erneut vorgaben, sich prächtig zu amüsieren.

»Hallo, Captain«, sagte sie und reichte Kim einen Drink.

»Danke, Admiral.« Kim nickte in Richtung des Mädchens. »Ich habe Sabrina zum letzten Mal als Baby gesehen.«

»Es ist erstaunlich, wie schnell ihr alle groß geworden seid«, erwiderte Janeway.

Kim zuckte mit den Schultern und sein Lächeln verblasste. »Wie geht es Tuvok?«

»Sein Zustand ist unverändert.« Janeway wollte ihm die Wahrheit sagen, aber diese Worte klangen besser.

Kims Gesicht wies darauf hin, dass er mehr wusste, als er zugab. »Ich habe vor, ihn morgen zu besuchen.«

»Das wäre nett.«

Und es wäre nett, wenn wir ehrlicher miteinander sein könnten.

»Es tut mir Leid, dass ich die Trauerfeier verpasst habe«, sagte Kim. »Ich hätte zugegen sein sollen.«

Janeway griff nach seiner Hand. »Sie waren mit einer Mission beauftragt. Alle haben es verstanden.« Sie wechselten einen Blick, in dem sowohl gegenseitiges Unbehagen als auch Zuneigung zum Ausdruck kamen. »Es freut mich, Sie wiederzusehen, Harry.«

Sie wollte noch etwas hinzufügen, aber plötzlich bildete sich ein Kloß in ihrem Hals. Nein, es gab keinen cleveren Weg. Wie sollte sie ihm klarmachen, dass er und sein Schiff nicht zu einem Hindernis für sie werden durften?

Zum zehnten Mal regten sich diese unangenehmen Empfindungen in Janeway und deshalb fürchtete sie die Treffen geradezu. Sicher, man begegnete ihr immer mit freundlicher Großzügigkeit – sie hatte Medaillen, Ehrendoktorwürden und Belobigungen aller Art bekommen. Aber mit jeder Auszeichnung schien das Ausmaß ihrer Leistung zu schwinden. Als sie sich nun umsah und den Blick über die Gesichter ihrer Freunde schweifen ließ, ihrer ehemaligen Crew ... Das Bewusstsein, eine gefeierte zentrale Figur in diesem großen Weltraumdrama zu sein, gab ihr erneut das Gefühl, versagt zu haben.

Bei jedem Treffen wollten sich Janeway und die anderen etwas mehr wie zu Hause fühlen, doch jedes Mal entfernten sie sich weiter von der erhofften Zufriedenheit. Sechsundzwanzig Jahre lang waren sie unterwegs gewesen – die besten Jahre ihres Lebens. Als sie schließlich zurückkehrten, fanden sie eine unerwartete Situation vor: Freunde und Verwandte waren gestorben oder hatten sich verändert, führten ein anderes Leben oder träumten von Möglichkeiten, die nicht mehr existierten. Die *Voyager* hatte das Unmögliche geschafft – sie war von den Toten zurückgekehrt.

Doch ihre Crew blieb tot.

Janeway hatte sie zurückgebracht, aber zu spät. Dieses neue Treffen erfüllte Janeway mit profundem Unbehagen, aber es bestärkte sie auch in ihrer Entschlossenheit. Ihre Mission war noch nicht vorbei.

2

Dieses spezielle Treffen war beunruhigender als die anderen. Janeway trat von Harry Kim fort, ohne die beabsichtigten Worte an ihn zu richten. In der Vergangenheit hatte sie ihm häufig Anweisungen erteilt und verlangt, dass er alles widerspruchslos hinnahm. Aber inzwischen war er Starfleet-Captain und dadurch wurden die Dinge komplizierter. Er hatte ein Recht darauf, nach dem Grund zu fragen. Und den wollte Janeway nicht nennen.

Sie wanderte umher und schenkte allen Aufmerksamkeit, ohne sich auf ein Gespräch einzulassen. Eigentlich folgte sie nur einem eingeübten Bewegungsmuster, so wie auch die anderen.

Janeway gab vor, an einem Glasteller mit Appetithäppchen Interesse zu finden, während Tom Paris auf ein Klingeln an der Tür reagierte. Mit seiner New Yorker Freizeitkleidung und den grauen Schläfen wirkte er wie Dashiell Hammett. Vermutlich steckte Absicht hinter diesem Look. Nun, warum auch nicht?

»Doc!«, entfuhr es Paris in einem Das-wurde-auch-Zeit-Tonfall.

Der einzigartige holographische Arzt der *Voyager* betrat das Apartment und sah genauso aus wie an jenem Tag, als er zum ersten Mal aktiviert worden war. Diesen Vorteil hatten Hologramme – ewiges Leben. Der Doktor trug zivile Kleidung und kam in Begleitung einer jungen Frau, die natürlich sofort neugierige Blicke auf sich zog.

»Mr. Paris …«, sagte der Doktor fröhlich und umarmte Tom. »Wo haben Sie sich versteckt?«

»Ich bin beschäftigt gewesen.«

»Ein neuer Holo-Roman?«

Paris lächelte nicht ohne Stolz. »Ich werde Ihre Meinung einholen, bevor ich ihn meinem Verleger schicke. Wollen Sie mich nicht vorstellen?«

Der Doktor strahlte. »Tom Paris, das ist meine Frau Lana.«

Paris konnte seine Verblüffung nicht verbergen. »Sie sind verheiratet?«

»Morgen sind es zwei Wochen«, sagte Lana mit melodischer Stimme.

»Herzlichen Glückwunsch!« Paris verarbeitete diese Neuigkeit und fügte dann vorwurfsvoll hinzu: »Ich schätze, meine Einladung ging im Subraum verloren.«

»Sie können sich geschmeichelt fühlen«, erwiderte der Doktor. »Wir haben uns von einem Ihrer Romane inspirieren lassen und sind durchgebrannt.«

Lana sah ihren Mann an. »Joe ist ein unverbesserlicher Romantiker.«

»Joe?«

»Ich konnte doch nicht ohne einen Namen heiraten, oder?«, entgegnete der Doktor.

Paris wirkte erneut verblüfft. »Sie haben dreiunddreißig Jahre gebraucht, um sich ›Joe‹ einfallen zu lassen?«

»So hieß Lanas Großvater.«

»Oh, Sie sind also kein …« Paris musterte die junge Frau und Janeway hätte fast gelacht. Ganz deutlich erinnerte sie sich an die eigene Verwunderung, als sie zum ersten Mal von dieser Sache gehört hatte. *Welche Frau heiratet ein Hologramm*?

»Hologramm?«, vervollständigte Lana den Satz. »Nein.«

Der Doktor schob das Kinn vor. »Offen gesagt,

Mr. Paris: Es überrascht mich, dass Sie eine solche Frage stellen. Ich dachte, wir hätten solche Unterscheidungen längst überwunden.«

»Soll das ein Witz sein?« Paris strahlte. »Ich find's großartig! Immerhin führe ich selbst eine ›gemischte Ehe‹, erinnern Sie sich?«

»Da wir gerade dabei sind: Wo ist Ihre Frau?«

Janeway nahm das als Stichwort und trat in den äußeren Korridor des großen Apartments. »Man sucht nach Ihnen«, sagte sie zu Torres.

B'Elanna winkte sie näher und spähte aus dem Flur in den Hauptraum.

»Warum verstecken Sie sich hier?«, fragte Janeway.

B'Elanna deutete durch die Tür. »Die ›Ehefrau‹ des Doktors. Wie kann er eine Frau haben? Daran gewöhne ich mich nie.«

»Er ist eine Lebensform, soweit wir das feststellen können. Das wissen Sie.«

»Ja, ich *weiß* es, aber mein *Gefühl* behauptet etwas anderes. Muss ich mich an alles gewöhnen? An *alles*?«

»Nein, ich glaube nicht. Wann sind Sie zurückgekehrt?«

»Heute Morgen. Zwei Sondertransporter und eine Passage als blinder Passagier waren nötig, um rechtzeitig hierher zu gelangen.«

»Gut«, sagte Janeway. »Wenn Sie nicht gekommen wären, hätte Harry bestimmt begonnen, Fragen zu stellen.«

»Ganz abgesehen von meinem lieben Mann, dem neugierigen Captain Proton. Er wird immer nervös, wenn ich auf mein klingonisches Erbe zurückgreifen muss.«

»Passen Sie nur auf, dass er nicht neugierig wird«, warnte Janeway.

B'Elanna richtete einen ernsten Blick auf sie. »Auch Sie müssen vorsichtig sein. Es kursieren erste Gerüchte über die Veränderungen, die Sie an Ihrem persönlichen

Shuttle vornehmen. Vielleicht müssen Sie sich eine neue Geschichte einfallen lassen.«

»Der Shuttle bereitet mir kein Kopfzerbrechen. Ich bin ohnehin fast fertig damit und bringe ihn fort, bevor jemand auf die Idee kommt, eine Inspektion durchzuführen. Was haben Sie erreicht? Ist alles klar für mich?«

»Der Hohe Rat hatte viele Fragen.«

»Was haben Sie gesagt?«

»Die Wahrheit.« B'Elanna hob und senkte die Schultern. »Mit einem klingonischen Touch. Ich habe auf Folgendes hingewiesen: Meine frühere Kommandantin, die ich sehr verehre und die mir in ruhmreichen Kämpfen oft das Leben rettete, würde es für eine Ehre halten, sich Koraths Haus anschließen zu dürfen.«

Besorgnis regte sich in Janeway und sie versuchte, nicht darauf zu achten. Konnte es so einfach sein? »Glauben Sie, dass es klappt?«

»Ich bin nur die Verbindung zur Föderation.« B'Elanna spielte ihre eigene Rolle herunter. »Aber ich denke, dass ich über einen gewissen Einfluss verfüge. Sie haben mir noch immer nicht gesagt, warum Sie versuchen, Korath zu helfen.«

»Er ist ein alter Freund.«

Schwindel, Lügen, Täuschungen, falsche Andeutungen ... Wie gut konnte sie ihre Freunde – die wahren – vor dem schützen, was sie plante?

B'Elanna blieb argwöhnisch. »Gibt es einen Zusammenhang zwischen diesem ›alten Freund‹ und der Mission, mit der Sie meine Tochter beauftragt haben?«

Janeway verbarg ihre Beklommenheit hinter einem Lächeln. »Tut mir Leid, B'Elanna, aber Sie wissen ja, dass ich nicht darüber sprechen darf.«

Nicht dürfen, nicht wollen – nur ein kleiner Unterschied.

»Hätten Sie nicht bis nach dem Treffen damit warten können? Sie wäre gern hier gewesen.«

»Sie ist bald wieder daheim«, sagte Janeway und beantwortete damit jene Frage, die B'Elanna eigentlich stellte. »Das verspreche ich.«

»Darf ich um Ihre Aufmerksamkeit bitten? Achtung!«

Auf der anderen Seite des Wohnzimmers schlug ein Löffel an ein Champagnerglas. Janeway und Torres drehten sich um, verließen ihr Versteck im Korridor und sahen Reg Barclay, der sich auf eine Ansprache vorbereitete. Er trug die Uniform eines Commanders und offenbar machte es ihm nichts aus, in der Präsenz von vielen Personen das Wort zu ergreifen – bemerkenswert genug für Reginald Barclay.

»Heute vor zehn Jahren«, begann er und verlieh seiner Stimme einen dramatischen Klang, »kehrte diese Crew nach der längsten Mission in der Geschichte Starfleets heim. Sechsundzwanzig Jahre verbrachten Sie zusammen und wurden dabei zu einer Familie – die mich adoptiert hat, wie ich voller Stolz hinzufügen darf. Heben wir nun unsere Gläser – auf die Reise!«

»Auf die Reise!«

Überall im Zimmer klirrten Gläser. Männer und Frauen lächelten.

Admiral Janeway hob ihr eigenes Glas, trank aber nicht. Stattdessen brachte sie einen eigenen Trinkspruch aus.

»Und auf jene, die nicht hier sind, um mit uns zu feiern«, sagte sie.

Als die erweiterte Familie der *Voyager* um sie herum erneut die Gläser hob, trank Janeway einen raschen Schluck Sekt, um sich daran zu hindern, die nächsten Worte auszusprechen.

Mögen sich die Dinge für sie und uns alle ändern, plötzlich und bald.

3

»Meine Damen und Herren, wenn ich vorstellen darf – die Borg.«

Die Borg. Selbst nach Jahrzehnten hatten sie nichts von ihrem Schrecken verloren. Mit manchen Nachbarn konnte man leben. Andere hingegen …

Commander Barclays Worte ließen eine Borg-Drohne materialisieren. Die massige Drohne wies gerade genug humanoide Elemente auf, um auf den ersten, zweiten und auch dritten Blick lähmend zu wirken. Die Borg boten wirklich einen horrenden Anblick: Technik durchdrang den lebenden Körper bis hin zur letzten Faser, verwandelte ihn in ein überorganisches Etwas, das nicht einmal mehr Blut benötigte.

Doch die Augen … Ihr Blick war durchdringend, unbeeinflusst.

Das alte Pathfinder-Forschungslabor – einst ein spezielles Kommunikationszentrum, von dem aus man versucht hatte, einen Kontakt zur verschollenen *Voyager* herzustellen – diente jetzt als Klassenzimmer. Das Borg-Hologramm rotierte ohne Eleganz vor den Kadetten der Starfleet-Akademie, die auf stufenförmig angeordneten Sitzen saßen. Einigen von ihnen schien alles andere als wohl zumute zu sein, als sie die grässliche Drohne beobachteten.

Noch schlimmer war der Anblick für jemanden, der direkt mit den Borg zu tun gehabt hatte, wie zum Beispiel Kathryn Janeway. Sie saß auf dem Podium, während Barclay zu seiner Klasse sprach.

»Im Verlauf dieses Semesters werden Sie das Kollektiv in allen Einzelheiten kennen lernen, vom Vorgang der Assimilierung erfahren, der Borg-Hierarchie und der Psychologie des Schwarm-Bewusstseins.«

Barclay zögerte und gab den Kadetten Gelegenheit, über seine Worte nachzudenken. Sie waren von enormer Bedeutung, obwohl eine ruhige Stimme sie ausgesprochen hatte. Assimilierung ... der Schwarm ... Welch eine Zivilisation!

Janeway unterdrückte ein Schaudern.

»Wenn es um Ihre Leistungen in dieser Klasse geht«, fuhr Barclay fort und lächelte, »so erwarte ich nicht weniger als die Borg-Königin – Perfektion.«

Einige Kadetten lachten und verscheuchten damit zumindest einen Teil der unheilvollen Atmosphäre, die in der Gegenwart eines Borg entstand – oder allein beim Gedanken an die Borg-Königin.

»In diesem Semester haben wir das Glück, einen ganz besonderen Gastdozenten begrüßen zu dürfen«, fuhr Barclay fort. »Eine Person, die buchstäblich das Buch über die Borg geschrieben hat – Admiral Kathryn Janeway.«

Janeway lächelte, aber nicht wegen des Applauses. Armer Barclay, er musste immer übertreiben. Wusste er nicht, was ›buchstäblich‹ bedeutete? Nun, er wäre kaum Reg Barclay gewesen, wenn er sich nicht so große Mühe gegeben hätte.

Schon vor Jahren hatte Janeway die Lust daran verloren, Ansprachen irgendeiner Art zu halten. Das entsprechende Spektrum reichte von Studenten bis zu Rotary Clubs, von Wohlfahrtsvereinen bis zu historischen Gesellschaften. Überall stellte man ihr die gleichen Fragen, begegnete ihr mit der gleichen Heldenverehrung. Janeway wusste es zu schätzen, so gut behandelt zu werden, und sie verstand das Bedürfnis der anderen, ihre eigenen Träume, Ängste und Bedürfnisse auf ein

Happy End zu fokussieren. Aber allmählich wurde es ihr zu viel. In zehn Jahren sammelten sich viele Auftritte an …

Sie erhob sich, während die beeindruckten Kadetten noch immer klatschten. In wenigen Jahren würden diese Männer und Frauen Piloten, Spektographen, Analytiker und Offiziere sein. Janeway stellte sich vor, wie sie mit den nächsten Starfleet-Schiffen aufbrachen, um die Galaxis zu erforschen, Neues zu entdecken und das Alte zu bewahren.

Die meisten von ihnen brauchten sich noch nicht einmal zu rasieren.

»Danke«, sagte Janeway, als der Applaus verklang. »Es freut mich, hier bei Ihnen zu sein … Oh, haben Sie schon eine Frage, Kadett?«

Ein junger Mann in der Mitte der Klasse hob die Hand. Er wechselte Blicke mit den anderen Studenten und Janeway erkannte die Anzeichen für ein abgekartetes Spiel.

»Ich schätze, es kann bis nach dem Unterricht warten, Admiral«, sagte der junge Mann unsicher.

»Wie heißt es so schön in der Abteilung für temporale Mechanik?«, erwiderte Janeway. »Was du heute kannst besorgen, das verschiebe nicht auf morgen.«

Rote Flecken bildeten sich auf den Wangen des Kadetten und er nahm seinen ganzen Mut zusammen. »Im Jahr 2377 halfen Sie der Widerstandsbewegung der Borg, bekannt unter der Bezeichnung Unimatrix Zero …«

»Offenbar hat jemand vorausgelesen«, tadelte Barclay.

Janeway warf ihm einen kurzen Blick zu und sah dann wieder den Kadetten an. Der Bursche hatte Mumm, das musste sie ihm lassen. »Sie wollten eine Frage stellen, nicht wahr?«

»Ja, Ma'am. Als Sie der Königin mitteilten, Sie wollten Tausende ihrer Drohnen befreien … Können Sie ihren Gesichtsausdruck beschreiben?«

Janeway wusste nicht, was sie von dieser Frage halten sollte.

Übersah sie irgendetwas?

Sie ließ sich ihre Unsicherheit nicht anmerken, sah den jungen Mann an und lächelte so, als wüsste sie ganz genau, worauf er hinauswollte.

Das schien die richtige Reaktion zu sein, denn die anderen Kadetten lachten. Welcher Verbindung sich der junge Bursche auch anschließen wollte – vermutlich hatte er sich gerade die Mitgliedschaft verdient. Janeway beschloss, ihm zusätzliche Hilfe gewähren, und suchte nach geeigneten Worten für die gewünschte Beschreibung. Doch sie bekam keine Gelegenheit, sie auszusprechen. Ein Starfleet-Adjutant betrat das Zimmer, eilte die Stufen herunter und näherte sich ihr. Die Plauderei mit den Kadetten schien beendet zu sein, noch bevor sie begonnen hatte.

Janeway nahm eine geflüsterte Mitteilung entgegen, entschuldigte sich dann und dachte daran, dass auch dies eine nützliche Lektion sein mochte: Vorträge vor einer Klasse waren Muße, keine Mission; selbst für einen Offizier ohne aktuelle Einsatzorder gab es andere Prioritäten. Sie verließ den Raum ohne weitere Erklärungen und hörte, wie Barclay über Nanotechnik zu sprechen begann. Sein neugieriger Blick folgte ihr.

Letztendlich würden sie alle verstehen, warum ihr Verhalten so seltsam geworden war. Mit der Zeit.

In ihrem Büro – eine mit vielen Dingen voll gestopfte Nachahmung des Bereitschaftsraums an Bord der *Voyager* – trat sie sofort zum Computerterminal. Ein Hinweis leuchtete auf dem Bildschirm: EINGETROFFENE NACHRICHT, CODIERT.

Codiert, wichtig und eilig. Janeway berührte eine Schaltfläche.

Sofort erschien ein junges Gesicht im Projektionsfeld: eine Frau, Mitte zwanzig. Miral Paris, die Tochter von Tom und B'Elanna.

Janeway rief sich innerlich zur Ordnung. Ein Teil von ihr hielt Miral praktisch für eine Enkelin, aber jetzt versuchte sie, vor allem einen Starfleet-Fähnrich in ihr zu sehen.

»Tut mir Leid, dass ich Sie beim Unterricht gestört habe, Admiral«, sagte Miral.

»Haben Sie den Apparat gesehen?«, fragte Janeway sofort.

»Ja, Ma'am.«

»Und?«

Miral lächelte verschwörerisch. »Er funktioniert!«

Janeway atmete erleichtert auf. Eine gute Nachricht. Eine *hervorragende* Nachricht.

»Ist Korath zur Übergabe bereit?«

Das Lächeln verschwand von Mirals Lippen. »Ja ...«

»Aber?«

»Er besteht darauf, Ihnen den Apparat persönlich zu übergeben.«

»Ich komme so schnell wie möglich. Gute Arbeit, Fähnrich Paris.«

Die junge Frau nickte und der Glanz in ihren Augen verriet echte Heldenverehrung.

Das kurze Gespräch endete und der Bildschirm wurde dunkel. Janeway dachte einmal mehr daran, dass sie sich auf ein gefährliches Spiel eingelassen hatte, doch es gab auch einen faszinierenden, aufregenden Aspekt.

Sie lehnte sich im Sessel zurück. Natürlich hätte sie Korath eine Mitteilung schicken und ihn darauf hinweisen können, dass sich Admiral Janeway nicht einfach so zu einer klingonischen Festung beordern ließ. Vermutlich wäre es besser gewesen, ein wenig mit ihm zu spielen und zu behaupten, ihm nicht dabei helfen zu wollen, den Einfluss seiner Familie auszuweiten. Er hätte natürlich gewusst, dass sie log, und seine Antwort hätte aus weiteren Lügen bestanden. Auf diese Weise wäre es eine Zeit lang weitergegangen, bis schließlich beide Bereitschaft zeigten, die Dinge beim Namen zu nennen und konkret zu werden.

Janeway sah keinen Sinn darin, das Unvermeidliche hinauszuzögern. Korath wusste, was sie wollte, und sie selbst wusste es ebenfalls. Warum also mit dummen Spielchen Zeit verlieren?

Das Treffen war vorbei. Miral hatte sich gemeldet. Korath wartete. Janeways Shuttle war mit allen notwendigen Dingen ausgestattet und startbereit. Sie selbst hatte längst alle Zweifel überwunden.

Es konnte losgehen.

Nur eins blieb noch, eine letzte Verpflichtung.

Es war ein sonniger und sehr schöner Tag – die Natur schien etwas verkünden zu wollen. Immer dann, wenn Janeway an einem solchen Tag nach draußen ging, fühlte sie sich voll bestätigt. *Deshalb* hatte sie sich so sehr bemüht heimzukehren, wegen dieses Spektakels namens Erde, ein blauer Diamant in einem Meer aus Steinen. Die Erde war ein Juwel, eine Welt, neben der alle anderen verblassten. Überall im Kosmos gab es Planeten, die davon träumten, eines Tages wie die Erde zu werden. Janeway war im Delta-Quadranten gewesen, weiter von der Heimat entfernt als je ein Mensch vor ihr, und daher wusste sie: Im galaktischen Maßstab hatten erdähnliche Welten einen großen Seltenheitswert.

Sie genoss den Sonnenschein, den Anblick des grünen Rasens und selbst den des langen Gebäudes, das auf einem grünen See zu schwimmen schien. Nun, warum noch länger damit warten, es zu betreten?

Sie wusste um den Kontrast und bereitete sich innerlich darauf vor. Diese Besuche waren nie leicht, hauptsächlich deshalb, weil es sich um Besuche handelte. Nie ließen sich Fortschritte erkennen.

Das Innere des Krankenhauses präsentierte den lobenswerten Versuch, so fröhlich und aufmunternd zu wirken, wie es für eine medizinische Einrichtung möglich war. Es gab Topfpflanzen, echte und falsche, von Kindern gemalte Bilder und sogar einen hauseigenen Collie. Die Zimmer wirkten gemütlich, fast heimisch, wobei es zu berücksichtigen galt, dass Sauberkeit eine wichtige Rolle spielte und Einfachheit dabei half. Sie ließen Platz für Individualität, ohne dass es dadurch zu Unordnung kam, und das Medo-Personal trug gewöhnliche Kleidung, keine Kittel. Erstaunlicherweise wies das Gebäude mit dem Bestreben, nicht wie ein Krankenhaus auszusehen, noch deutlicher auf seinen eigentlichen Zweck hin. Wer hierher kam, für den existierte kein anderer Ort mehr. Die Patienten dieses Hospitals mussten ständig überwacht werden und brauchten mehr Aufmerksamkeit, als ihnen selbst die liebevollsten Verwandten schenken konnten.

Janeway kam so häufig hierher, dass sie den für Bewohner reservierten Eingang benutzte.

Allein ging sie durch gewölbte Flure, passierte den Garten und erreichte schließlich den Nordflügel. Dort schritt sie zur dritten Tür auf der linken Seite und presste den Daumen aufs Codeschloss. Ein Scanner analysierte ihren Fingerabdruck und piepste zufrieden, woraufhin sich die Tür öffnete. Janeway betrat ein halbdunkles Zimmer.

Eine einzelne Kerze brannte und ihr Licht glitt über einen Boden, auf dem zahllose Zettel lagen. Es mussten Hunderte sein, jeder einzelne gefüllt mit gekritzelten Worten, Zahlen, seltsamen Symbolen und sorgfältig gezeichneten Formen. Manche Zettel lagen auf anderen – das Ergebnis wochenlanger Berechnungen. Hier und dort schien der Kerzenschein auf zerknittertem Papier zu glühen.

In der Mitte des Zimmers hockte ein Mann auf Knien und Ellenbogen, der Rücken gewölbt. Das einzige Geräusch stammte von einem Bleistift, der über einen weiteren Zettel kratzte.

Sie hatten es mit Musik versucht, ohne Erfolg. Videos, Filme, Logbücher, Reiseberichte ... Er wies jeden Versuch zurück, ihn von seiner Besessenheit zu befreien. Er wollte nur eine Kerze, Papier und einen Bleistift. Keinen Kugelschreiber, sondern einen Bleistift.

Janeway blieb in der Tür stehen. Licht von den Fenstern des Flurs fiel ins Zimmer.

»Hallo, Tuvok.«

Es fiel ihr schwer, ganz normal und nicht besorgt zu klingen.

»Das Licht.«

»Entschuldigung.« Sie trat von der Tür fort, die sich hinter ihr schloss, Sonne, Hoffnung und jeden Hinweis auf Veränderung aussperrte.

Erst jetzt hob Tuvok den Kopf und sah sie an. Falten zeigten sich im Gesicht des Vulkaniers, geschaffen nicht von der Zeit, sondern von Anspannung. Tuvok war nicht mehr der stoische Logiker, der an Bord der *Voyager* einen unerschütterlichen Ruhepol gebildet hatte. Dieser Mann wirkte verwirrt und wie besessen.

»Ich kenne Sie ...«, brachte er hervor.

»Ja«, bestätigte Janeway. »Wir kennen uns tatsächlich. Ich bin Kathryn Janeway. Erinnern Sie sich?«

Skepsis zeigte sich in Tuvoks Miene. »Das stimmt nicht.«

In Janeways Magengrube verkrampfte sich etwas. Sie war hierher gekommen, um sich noch einmal in ihrer Entschlossenheit bestärken zu lassen. Es funktionierte.

»Ich bin es wirklich, Tuvok«, beharrte sie.

»Admiral Janeway besucht mich am Sonntag. Heute ist Donnerstag. Daraus ziehe ich den logischen Schluss, dass Sie nicht die Person sind, die Sie zu sein vorgeben.«

Zufrieden mit sich selbst fuhr Tuvok damit fort, auf einen Zettel zu schreiben. Sein Hinweis hatte durchaus etwas für sich. Dies war nicht ihr üblicher Tag. Bisher hatte sie immer an ihren sonntäglichen Besuchen festgehalten, fast in der Form eines religiösen Tributs. Das galt auch für alle anderen, selbst für Tuvoks Familie. Jeder von ihnen kam an einem ganz bestimmten Tag und zu einer ganz bestimmten Zeit hierher, ganz gleich, wie sie sich fühlten. Warum?

Weil Tuvoks einziger Trost aus Regelmäßigkeit bestand, aus Mustern und zuverlässigen Angewohnheiten. So gut gemeint spontane Besuche auch sein mochten: Sie hatten bei Tuvok Panikanfälle ausgelöst und wochenlange Ablehnung bewirkt. Nur Planmäßigkeit beruhigte ihn.

»Wie geht es Ihnen?«, fragte Janeway.

»Ich bin mit meiner Arbeit fast fertig«, sagte Tuvok und blickte auf den Zettel.

Also hatte sich auch in dieser Hinsicht nichts geändert.

Janeway nahm im nächsten Sessel Platz und hoffte, dass er sich ebenfalls setzte und nicht länger so auf dem Boden hockte wie ein Frosch auf einer Seerose. »Freut mich, das zu hören.«

Tuvoks Nase blieb dicht über dem Papier. »Angesichts der vielen Störungen ist es nicht leicht.«

»Tut mir Leid. Möchten Sie, dass ich gehe?«

Tuvok dachte so über die Frage nach, als wäre sie recht kompliziert. Dann traf er eine großzügige Entscheidung. »Sie können bleiben.«

Janeway beobachtete ihn einige Sekunden lang. Sie hätte die ganze Nacht hier sitzen können, ohne dass Tuvok sie zur Kenntnis nahm. Einmal hatte sie es mit einer solchen Taktik versucht und über Stunden hinweg darauf gewartet, dass er ein Gespräch begann. Aber dazu kam es nie. Er machte sie einfach zu einem Teil seiner

Wahnvorstellungen, zur bedeutungslosen Komponente einer bizarren Welt, die ihn gefangen hielt.

Der Bleistift kratzte auch weiterhin übers Papier und hinterließ unverständliche, an Hieroglyphen erinnernde Zeichen. Aus welcher dunklen Höhle in Tuvoks gestörtem Geist stammten sie?

Janeway überlegte, ob sie ihn danach fragen sollte. Wäre er bereit gewesen, ihr zu antworten?

Und hätte sich mit der Antwort irgendetwas anfangen lassen?

Sie war hierher gekommen, um sich zu stärken und an die schmerzlichen Aspekte des Erfolgs zu erinnern, an die von ihrer kleinen Familie erlittenen Verluste und an die Niederlage, die alle anderen für einen Sieg hielten. Janeways Entschlossenheit wuchs, während sie beobachtete, wie einer ihrer besten Freunde immer tiefer in einen schwarzen, einsamen Abgrund stürzte. Wenn es irgendwo in ihr noch Reste des Zweifels gegeben hatte, so lösten sie sich jetzt auf.

»Es gibt da etwas, das ich Ihnen sagen muss, Tuvok«, sagte sie. »Es ist sehr wichtig.«

Der Bleistift blieb in Bewegung.

»Ich gehe fort. Vielleicht sehen wir uns nie wieder.«

Der Vulkanier überraschte sie, indem er aufsah. Hatte er verstanden? War er imstande, für dreißig Sekunden aus seinem Wahn zu erwachen, lange genug für Janeway, um ihm etwas mitzuteilen? Tuvoks dunkle Augen fingen das Licht der Kerze ein und blitzten so, als wollte er sagen: *Das verbiete ich Ihnen.*

Janeway zwang sich, nicht mehr zu erwarten.

»Commander Barclay und der Doktor werden Sie weiterhin besuchen«, sagte sie. »Sie bringen Ihnen alles, was Sie brauchen.«

Tuvok erweckte den Eindruck, sich um Rationalität zu bemühen und auf das eigentliche Problem zu reagieren, das Janeway ihm beschrieben hatte. Aber es entglitt ihm, bevor er sich ganz darauf konzentrieren konnte. »Der Doktor kommt am Mittwoch ... Commander Barclays Besuche sind unregelmäßig.«

Plötzlich runzelte Tuvok die Stirn. Er wusste, dass er die falsche Antwort gegeben hatte, die Angelegenheit aus dem falschen Blickwinkel sah. Ihm erging es wie einem Jungen, der die Angel in Stromschnellen auswarf: Er wusste nicht mehr, wonach er angelte.

Kathryn Janeway hatte gefunden, wonach sie gesucht hatte.

Sie stand auf, ging zur Tür und wich dabei mit großer Vorsicht den Zetteln aus.

»Leben Sie wohl, Tuvok.«

Der Bleistift kratzte übers Papier. Es hieß, man sollte nicht zurücksehen, aber Janeway warf einen letzten Blick über die Schulter.

Letzte Bedenken. Janeway schob sie entschlossen beiseite.

Es war eine ganze Weile her, seit sie zum letzten Mal für eine Reise gepackt hatte. Den meisten Ehemaligen der *Voyager* mangelte es an Fernweh.

Sie wählte einige Kleidungsstücke aus, so wie damals, als sie geheime Ermittlungen angestellt hatte: widerstandsfähiger Stoff, schlichter Schnitt, einfaches Styling.

»Sie sind vermutlich der einzige Arzt, der noch Hausbesuche macht«, sagte Janeway.

Der Doktor stand einige Schritte entfernt, aktivierte seinen medizinischen Tricorder und begann mit einer Sondierung.

»Beschreiben Sie mir die Symptome«, sagte er.

Janeway sah auf. »Es ist alles in Ordnung mit mir.«

»Dreiunddreißig Jahre lang haben Sie Widerstand geleistet, wenn eine routinemäßige Untersuchung anstand. Und jetzt möchten Sie eine vorziehen?«

Er hob und senkte die Brauen, schien Janeway allein aufgrund ihres veränderten Verhaltens für krank zu halten.

»Ich breche zu einer Reise auf«, sagte sie. »Und ich möchte die Untersuchung vorher hinter mich bringen.«

Lügen, Lügen. Und sie fielen ihr immer leichter, wie sie zugeben musste.

»Das ist alles?«, hakte der Doktor nach.

Es gelang Janeway, nicht zu nicken. »Ja.«

Der holographische Arzt wusste, dass ihm Janeway nicht die Wahrheit sagte; er blickte auf die Anzeigen des Tricorders. »Die gute Nachricht lautet: Sie sind so gesund wie an dem Tag, als ich Sie zum ersten Mal untersuchte.«

»Hm. Nun, das hätten wir also erledigt.« Sie winkte. »Nehmen Sie Platz. Bei der Party haben wir kaum Gelegenheit bekommen, miteinander zu sprechen.«

»In der Tat.«

»Wie ist das Eheleben?«

Wie absurd! Sie wusste Bescheid, er wusste Bescheid, und trotzdem machten sie auf diese Weise weiter.

»Wundervoll«, erwiderte der Doktor. »Sie sollten es einmal versuchen.«

Janeway lachte. »Ich fürchte, dafür ist es ein wenig zu spät.«

Sie dachte an ihren damaligen Verlobten Mark, an die herrlichen unbeschwerten Tage vor so vielen Jahren, kurz bevor sich die kurze Mission der *Voyager* in eine sechsundzwanzig Jahre lange verwandelt hatte. Komisch. Sie war damals der Ansicht gewesen, »reif« zu sein, vielleicht zu reif für die Ehe, für einen ganz neuen Anfang, und deshalb hatte sie Marks Heiratsantrag zweimal abgelehnt. Wir reden später darüber … Mach die Dinge nicht komplizierter … Warten wir, bis ich die nächste Mission hinter mich gebracht habe …

In Wirklichkeit war sie damals sehr jung gewesen,

noch viel jünger, als sie gewusst hatte, die Kommandantin eines Raumschiffs mit einer ebenfalls sehr jungen Crew. Jeder von ihnen hatte sich für erfahren genug gehalten, um mit allem fertig zu werden. Janeway erinnerte sich genau an jenes trügerische Gefühl der Sicherheit, an den Eindruck, dass nichts schief gehen konnte.

Wenn sie heute daran zurückdachte …

»Die Ehe ist etwas für junge Leute«, sagte sie und versuchte, die Erinnerungen zu verdrängen. »Wie für Ihre Frau.«

»Ich hoffe nur, dass sie auf ebenso würdevolle Weise alt wird wie Sie«, sagte der Doktor. »Was mich betrifft … Ich werde in zwanzig Jahren noch immer das gleiche attraktive Hologramm sein wie heute.«

Janeway lächelte. Was sollte sie dazu sagen? Welche Bedeutung konnte das gemeinsame Altern für jemanden wie den Doktor haben? Seine Existenz war wie ein ganz neues Universum, das es zu erforschen galt. Mit den Nachteilen des biologischen Lebens musste vor allem seine Frau fertig werden.

»Ich wollte Sie etwas fragen«, sagte Janeway. »Sind Sie mit einem Mittel namens ›Chronexalin‹ vertraut?«

Der Doktor nickte und wirkte ein wenig überrascht. Offenbar begriff er, dass Janeway jetzt ihr eigentliches Anliegen zur Sprache brachte.

»Wir haben es in der medizinischen Abteilung von Starfleet getestet«, erwiderte er. »Um festzustellen, ob es Biomaterie vor Tachyonenstrahlung schützen kann.«

Janeway blickte von ihrer Reisetasche auf. »Und?«

Der Holo-Arzt sah sie an. »Es ist sehr vielversprechend. Warum fragen Sie?«

Die Admiralin spürte, wie ihre innere Anspannung zunahm.

»Ich brauche zweitausend Milligramm bis morgen Nachmittag.«

Das verblüffte den Doktor.

»Warum?«, erkundigte er sich.

»Der Grund ist geheim.«

Es ging um etwas Illegales und sie bat um sein vorbehaltloses Vertrauen, allein auf der Grundlage ihrer gemeinsamen Vergangenheit. Einige Sekunden verstrichen.

»Besorgen Sie mir das Mittel?«

»Natürlich, Admiral. Sie haben es um neun Uhr.«

Er nahm auf der Couch Platz, hielt den Tricorder in beiden Händen.

Für einen Moment dachte Janeway, dass er mehr wusste, als er zu erkennen gab, oder zumindest mehr vermutete. Doch als sie ihn musterte, wurde ihr klar: Er erweiterte nur sein Vertrauen. Sie hatte keine Kommando-Autorität mehr über ihn und ganz offensichtlich war das auch gar nicht notwendig.

»Danke«, sagte sie, schloss die Reisetasche und stellte sie neben die Tür. »Ich nehme meinen privaten Shuttle. Bitte sorgen Sie dafür, dass ich Ihre Lieferung beim Oakland Shipyard in Empfang nehmen kann. Wenn jemand fragt: Ich mache Urlaub.«

Der Doktor blieb sitzen und drehte den Kopf. »Urlaub im All, Admiral?«

Janeway lächelte. »Ja, Urlaub im All. Geben Sie gut auf Tuvok Acht.«

4

Borg-Daten scrollten mit hoher Geschwindigkeit über den Bildschirm. Grafische Darstellungen von Würfelschiffen erschienen, überaus komplex und doch erkennbar, gefolgt von einem bunten Labyrinth aus Warpkorridoren, mit rätselhaften Symbolen gekennzeichnet.

Diffuses Halbdunkel herrschte im Pathfinder-Laboratorium. Nur einige wenige Orientierungslichter glühten zwischen den leeren Reihen. Mehr wäre bei einem Sicherheitsscan aufgefallen.

Janeway hatte über viele Jahre hinweg Erfahrungen mit den Borg gesammelt, aber die Bilder auf dem Schirm schienen aus einem Albtraum zu stammen und keine Daten zu sein, die sich als nützlich erweisen konnten.

Schließlich deaktivierte der Computer den Schirm und verkündete: »Download komplett.« Janeway zuckte zusammen, als hätte ihr jemand einen Schlag versetzt.

»Das sollte alles sein, was Sie benötigen«, sagte Reg Barclay und reichte ihr einen Handcomputer mit den gespeicherten Informationen.

Janeway wusste nicht, welche Daten das Gerät enthielt, wahrscheinlich noch viel mehr als jene, die gerade über den Bildschirm gescrollt waren. Bestimmt hatte Barclay noch viele andere Dinge hinzugefügt, die bei einer geheimen Mission von Nutzen sein konnten.

»Der Shuttle?«, fragte sie.

»Wartet im Oakland Shipyard auf Sie«, bestätigte

Barclay. »Ich wünschte, Sie würden mir gestatten, Sie zu begleiten.«

»Tut mir Leid, Reg, aber dies ist meine Mission. Außerdem: Wenn Sie mitkämen, gäbe es niemanden mehr, der den Kadetten von den Borg berichten könnte.«

Sie erlaubte sich einen Scherz. Oder?

Barclay schien zu glauben, dass die Worte ernst gemeint waren. »Ich habe frischen Tee für Sie vorbereitet. Nicht das replizierte Zeug.« Er holte eine Thermosflasche unter dem Tisch hervor.

War das nicht lächerlich? Erwachsene, die sich seit vielen Jahren kannten, ruhmreiche und schreckliche Zeiten erlebt hatten, mit grässlichen Gefahren fertig geworden waren … Und sie konnten über nichts anderes sprechen als über Tee und Eheleben und dergleichen. Es gab viel wichtigere Dinge, über die sie eigentlich reden sollten, und das wussten sie alle. Sie waren nicht glücklich. Sie waren zu Hause, aber nicht *daheim*.

Das absurde Gespräch festigte Janeways Entschlossenheit und vertrieb den letzten Zweifel. Sie musste etwas unternehmen, so verrückt es auch sein mochte.

Sie nahm die Thermosflasche entgegen und richtete einen ernsten Blick auf Barclay.

»Danke«, sagte Janeway. »Für alles. Ohne Sie wäre dies nicht möglich.«

Barclay lächelte schief. »Erinnern Sie mich nicht daran.«

»Irgendein letzter Rat für Ihren alten Captain? Warten Sie – sagen Sie es nicht. Ich bin impulsiv. Ich habe nicht alle Konsequenzen berücksichtigt. Es ist zu riskant.«

Sonst noch etwas? Es gab mehr, noch viel mehr, und Janeway hätte jede andere Person, die eine so verrückte Aktion plante, deutlich darauf hingewiesen. Der Wind wehte übers Gras und drückte es auf die Marmorplatte mit Chakotays Namen.

Einige Sekunden lang spielte Janeway mit dem Gedanken, das Selbstgespräch fortzusetzen und Chakotay dabei als Vorwand zu benutzen. Aber dann kniete sie sich ins feuchte Gras und berührte den Grabstein.

»Danke für Ihre Hinweise, aber ich muss tun, was ich für richtig halte.« Janeways Stimme versagte und sie holte mehrmals tief Luft. »Ich weiß, dass es nicht leicht war, all die Jahre ohne sie zu leben, Chakotay … Aber wenn ich dies erledige, werden die Dinge vielleicht besser für uns alle. Vertrauen Sie mir.«

Was für eine Art von Offizier war sie? Verunsichert, voller Zweifel, besorgt, allein …

Das Gefühl, allein zu sein, erwies sich als eine besondere Belastung. Ihr Erster Offizier war tot, wie auch viele ihrer Freunde. Und die Lebenswege der anderen führten in verschiedene Richtungen.

Jetzt wollte sie sich auf etwas einlassen, vor dem sie immer gewarnt hatte: Sie wollte allein aufbrechen, ohne Hilfe. Es wäre ganz leicht gewesen, mit Paris, Torres oder dem Doktor zu sprechen und sie zu bitten, sie zu begleiten, wieder zu einer Crew zu werden und ihr Leben aufs Spiel zu setzen, um … ihr Leben zu retten.

Nein, das kam nicht in Frage. Janeway musste allein los. Wenn ihre Bemühungen erfolglos blieben … Dann konnten die anderen an jenem Glück festhalten, das sie nach der Rückkehr in den Alpha-Quadranten gefunden hatten.

Neue Sicherheit erfüllte Janeway, als sie aufstand. Das Versprechen hing zwischen ihr und Chakotay in der Luft, noch immer voller mystischer Kraft. Wenn sie nicht zurückkehrte … Nun, dann brauchte sie wenigstens kein weiteres Treffen zu ertragen.

Sie drehte sich um, ging fort vom Grab und glaubte, kurz Chakotays Hand auf der Schulter zu spüren.

»Fünf-drei … drei-eins … sieben … eins … fünf-drei …«

Chaos herrschte im Zimmer. Das Bett war umgekippt, ebenso der Schreibtisch, und überall lagen Zettel, über und unter dem Durcheinander aus Laken und Decken. Die Kerze lag ebenso auf dem Boden wie einige wenige persönliche Gegenstände.

»Es tut mir Leid, wenn ich Sie bei einer wichtigen Angelegenheit gestört habe, Sir, aber er lässt niemanden an sich heran. Ich dachte, vielleicht sind Sie in der Lage …«

»Sie haben richtig gehandelt.« Der frühere Bordarzt der *Voyager* blickte auf den zusammengekauerten und leise vor sich hin brummenden Offizier, den er einst wegen seiner unerschütterlichen Selbstbeherrschung bewundert hatte.

Commander Tuvok war die rationalste Person im begrenzten Universum des Doktors gewesen, ein geistiger Bruder in Hinsicht auf Vernunft und Logik. Kein anderes lebendes Geschöpf konnte der Computerperfektion so nahe kommen: ein vulkanischer Profi an Bord eines Starfleet-Schiffes.

Jetzt bot sich dem Doktor ein völlig anderer Anblick dar.

Tuvok hockte in einer Ecke des Zimmers und von seiner einstigen Ruhe war nichts mehr übrig. Er litt an einer neurologischen Krankheit, gegen die sich nichts ausrichten ließ, nicht einmal mit den Mitteln der modernen Medizin.

Der Doktor und sein Kollege – ein junger Assistenzarzt, damit beauftragt, sich die Aufzeichnungen dieser Abteilung anzusehen – musterten den Commander kummervoll. Tuvok bekleidete noch immer seinen alten Rang, was er Admiral Janeways Einfluss verdankte. Immerhin war er im Dienst erkrankt.

Bis zu diesem Tag war Tuvoks Verhalten konstant gewesen. Er schlief schlecht, manchmal mit Hilfe von Medikamenten, und verbrachte die Tage im Halbdunkel, im Licht einer einzelnen Kerze. Während dieser Tage durchsuchte er sein Wissen, das er im Lauf vieler Jahre angesammelt hatte, und brachte mit einem Bleistift unablässig Daten zu Papier. Sowohl die Kerze als auch der Bleistift wurden täglich von Verwandten und Freunden ersetzt. Es blieb rätselhaft, wonach er in seinem verwirrten Geist suchte. Niemand wusste, was er zu erreichen hoffte. Niemand konnte ihm helfen.

»Fünf-drei ... drei-eins ... sieben ... eins ... fünf-drei ... drei-eins ...«

Tuvoks Blick reichte in die Ferne. Er starrte nicht ins Leere, wie andere Patienten, die den Verstand verloren hatten. Er schien etwas zu sehen und zu beobachten.

Neurologische Krankheiten zählten zu den komplexesten Problemen, denen sich die Medizin gegenübersah. Der Doktor versuchte, in diesem Gedanken Trost zu finden. Sie hatten alles versucht, um Tuvok Hilfe zu gewähren. Bis zum heutigen Tag war es weder zu Veränderungen noch zu irgendwelchen Durchbrüchen gekommen.

Der Doktor fragte sich, ob der gegenwärtige Zustand des Vulkaniers Anlass zu Hoffnung bot oder aber ein neues, noch schlimmeres Stadium der Krankheit ankündigte.

Am Morgen hatte Tuvok damit begonnen, die Einrichtung seines Zimmers zu zertrümmern. Sogar eine Wand war in Mitleidenschaft gezogen.

»Bisher ist er nie gewalttätig geworden«, sagte der Doktor.

Der andere Arzt – ein junger Mann, an Erfolg gewöhnt – stand dem Vulkanier hilflos gegenüber. »Er scheint eher frustriert als gewalttätig zu sein.«

Er versuchte ganz offensichtlich, Tuvok einen Gefallen zu erweisen, indem er auf ein zu hartes Urteil verzichtete.

»Drei-eins ... sieben ... eins ... fünf-drei ...«

Der Doktor merkte sich die Zahlen und ihre Reihefolge. Bestimmt verbarg sich irgendeine Bedeutung in ihnen; vielleicht boten sie einen Hinweis. Selbst in seinen wirrsten Momenten blieben Tuvoks Worte nie ganz ohne einen Sinn.

Er ließ den Assistenzarzt an der Tür zurück und näherte sich dem Vulkanier. Als Tuvok ihn bemerkte, hörte er plötzlich damit auf, die Zahlen zu wiederholen. Der Doktor schwieg, blieb stehen und wartete. Tuvok kniff die Augen zusammen, als er sich konzentrierte.

»Die Fernbereichsensoren … haben keine Spur entdeckt … Ihr Verschwinden bleibt ein Rätsel … Ich bin zutiefst besorgt …«

Der Doktor ging vor dem Vulkanier in die Hocke. »Worüber sind Sie besorgt, Tuvok?«

»Über ihr *Verschwinden.*«

Die Betonung wies darauf hin, dass der Doktor Bescheid wissen sollte. Tuvok war sich also darüber klar, mit wem er sprach.

»Wessen Verschwinden?«, fragte der Holo-Arzt und bemühte sich, möglichst neutral zu klingen.

Doch Tuvoks Gedanken glitten wieder fort.

»Fünf-drei … drei … eins-sieben … eins … fünf …«

»Er wiederholt diese Zahlen immer wieder«, ließ sich der Assistenzarzt vernehmen. »Fünf-drei-drei-eins-sieben-eins. Es könnte eine Sternzeit sein …«

»Sternzeit 53317«, murmelte der Doktor. »Wenn meine Gedächtnisdateien intakt sind, war das der Tag, an dem die Kellidianer Captain Janeway entführten.« Er sah Tuvok an und sprach erneut in einem ganz normalen Tonfall. »Geht es darum? Meinen Sie Captain Janeway?«

Tuvoks Erregung wuchs sofort. Er atmete schneller und sein Blick huschte hin und her. »Ihr Verschwinden bleibt ein Rätsel …«

Offenbar ließen sich heute keine Lösungen finden.

Zwar erwähnte Tuvok Rätsel, aber der Doktor sah keine. Wenigstens wusste er jetzt, woran sich der Vulkanier zu erinnern versuchte.

»Sie haben das Rätsel gelöst, Tuvok«, sagte er sanft. »Sie haben Captain Janeway gerettet und sie heil zur *Voyager* zurückgebracht, wissen Sie noch?«

»Ich bin zutiefst besorgt …«

Der Boden knarrte und die Zettel gerieten in Bewegung, als sich der Assistenzarzt näherte. »Vielleicht sollte Admiral Janeway ihm einen Besuch abstatten«, schlug er vor. »Um ihm zu zeigen, dass mit ihr alles in Ordnung ist.«

»Leider befindet sie sich nicht mehr in der Stadt«, erwiderte der Doktor. »Ich weiß nicht, wann sie zurückkehrt …«

Tuvok streckte abrupt die Hand aus, ergriff den Holo-Arzt am Arm und zog ihn ganz dicht zu sich heran.

»Sie wird nie zurückkehren!«, stieß der Vulkanier hervor.

Der Assistenzarzt zuckte zusammen. Der Doktor wandte den Blick nicht von Tuvok ab, suchte in seinen dunklen Augen nach irgendeinem Hinweis. Er war davon überzeugt, dass etwas existierte, ein Wissen, das sich *hier und heute* verwenden ließ. Sie kannten sich gut genug. Irgendein Körnchen Realität trachtete danach, sich aus dem Durcheinander von Tuvoks verwirrtem Selbst zu befreien.

Doch der lichte Augenblick ging vorbei und Tuvoks Hand löste sich vom Arm des Doktors. Seine Augen trübten sich und er blickte wieder in die Ferne.

»Ihr Verschwinden … bleibt ein Rätsel …«

Der Doktor stand auf und trat zurück, um Tuvok eine weitere Erregungsphase zu ersparen. Vielleicht war es seine Präsenz gewesen, die den Vulkanier zu einer so heftigen Reaktion veranlasst hatte. Der Holo-Arzt fragte sich, ob Tuvok auf Paris oder andere Crewmitglieder

der *Voyager* ebenso reagiert hätte. Sollte er ein entsprechendes Experiment veranstalten und Tuvok von allen überlebenden Angehörigen der Kommando-Crew besuchen lassen?

Beunruhigt von dem Moment der Klarheit, den er in Tuvoks Gebaren gesehen hatte, trat der Doktor am Assistenzarzt vorbei in den Flur. »Zeichnen Sie alles auf, was er während der nächsten vierundzwanzig Stunden sagt. Erstatten Sie mir sofort Bericht, wenn es neue Informationen irgendeiner Art gibt, etwas, das sich nicht wiederholt.«

»Was haben Sie vor?«, fragte der junge Mann verunsichert und folgte dem Holo-Arzt.

»Die Tür«, erinnerte ihn der Doktor.

»Oh! Computer, Tür von Quartier 200B schließen und verriegeln.«

Mit einem leisen Zischen glitt die Tür zu und Tuvok blieb mit seinen Dämonen allein.

Der Assistenzarzt beeilte sich, um zum Doktor aufzuschließen. »Haben Sie einen Plan? Gibt es eine Therapie ...?«

»Noch nicht. Zunächst brauche ich weitere Daten. Und ich weiß, wo ich sie bekommen kann.«

»*Voyager* an Pathfinder. Bitte kommen, Pathfinder.«

»Doktor!«

Nur Reg Barclay, der zuständige Professor, befand sich im Pathfinder-Laboratorium.

Der Doktor streckte den Kopf durch die Tür und lächelte, bevor er zur Sache kam. Barclay war ganz offensichtlich nervös. Er sprang auf und schob die Handcomputer beiseite, mit denen er beschäftigt gewesen war. Vielleicht hatte er einen Besuch dieser Art erwartet. Seine Reaktion bestätigte den Verdacht des Doktors. Besser gesagt: Sie bestätigte, dass es einen Grund gab, Verdacht zu schöpfen.

»Ich habe unsere Verabredung zum Golf vergessen, stimmt's?«, fragte Barclay.

»Entspannen Sie sich, Reg.« Der Doktor schritt durch den Gang und näherte sich dem Schreibtisch. »Unsere Partie Golf steht erst nächste Woche an.« Natürlich wussten sie beide, dass sein Besuch nichts damit zu tun hatte. »Ich bin gekommen, weil ich mich mit Admiral Janeway in Verbindung setzen muss.«

Es war allgemein bekannt, dass Barclay zu keiner Pokermiene fähig war. »Sie ist nicht da.«

»Das weiß ich. Hat sie Ihnen das Ziel ihrer Reise genannt?«

»Äh ... darüber haben wir nie gesprochen. Stimmt was nicht?« Barclay rieb sich die Hände.

»Ich weiß nicht genau. Heute Morgen bin ich bei Tuvok gewesen. In einem Wutanfall hat er sein Zimmer verwüstet. Natürlich ist er schon seit einer ganzen Weile geistesgestört, aber bisher nicht in diesem Ausmaß – der zuständige Arzt hielt es für erforderlich, mich zu verständigen. Während ich bei Tuvok war, schien er für wenige Sekunden bei klarem Verstand zu sein und zu glauben, dass Admiral Janeway Gefahr droht.«

Barclay kam um den Schreibtisch herum. »Sie wissen besser als sonst jemand, wir verwirrt Tuvok sein kann ...«

»Ja, aber ich mache mir ebenfalls Sorgen um Admiral Janeway.«

»Warum?«

»Vor zwei Tagen bat sie mich um eine große Menge einer experimentellen Arznei. Als ich sie nach dem Grund fragte, meinte sie, das Ganze sei geheim.«

»Dann sollten Sie mir eigentlich nicht davon erzählen, oder?«

»Ich habe mit Direktor Okaro vom Starfleet-Geheimdienst gesprochen. Er hat mir versichert, dass die Admiralin mit keiner geheimen Mission beauftragt wurde, seit sie mit dem Unterricht an der Akademie begann.«

Sein Gesicht verriet Barclay, als er plötzlich blass wurde, aber trotzdem versuchte er, mit einem Scherz über seine Nervosität hinwegzutäuschen. »Sie wissen ja, wie raffiniert die Typen vom Geheimdienst sein können. Vielleicht wollte er Sie einfach nur loswerden.«

»Ja, vielleicht. Aber vielleicht auch nicht. Über Monate hinweg hat Admiral Janeway immer wieder betont, wie sehr sie sich darüber freut, zusammen mit Ihnen zu unterrichten. Und dann, als das Semester beginnt, verschwindet sie einfach so und nennt Ihnen nicht einmal das Ziel ihrer Reise.« Der Doktor richtete einen strengen Blick auf Barclay. »Finden Sie das nicht ein wenig beunruhigend?«

»Bestimmt ... äh ... gibt es eine einleuchtende Erklärung dafür«, brachte Barclay hervor. »Es t-tut mir Leid, Doktor, aber ich m-muss eine Klassenarbeit b-benoten.«

»Sie stottern, Reg.«

»T-tatsächlich?«

Der Doktor sah seinen Verdacht bestätigt und folgte Barclay, als der versuchte, auf die andere Seite des Schreibtischs zu entkommen. Er schien tatsächlich zu glauben, dort Sicherheit zu finden.

»Seit Jahren habe ich Sie nicht stottern gehört«, fuhr der Doktor fort. »Ich glaube, Sie wissen, wo sich Admiral Janeway aufhält.«

Barclay bemühte sich, den forschenden Blick des Holo-Arztes zu meiden. Als Hologramm brauchte der Doktor nicht einmal zu blinzeln und dadurch wirkte sein Blick besonders durchdringend – ein geeignetes Mittel, um die Wahrheit aus jemandem herauszuholen.

»Sie gehört zu den höchstdekorierten Offizieren in der Geschichte von Starfleet«, sagte Barclay, und seine Stimme vibrierte dabei. »Ich b-bin sicher, d-dass sie gut auf sich Acht geben k-kann.«

»Einen solchen Hinweis hätten Sie sich bestimmt

gespart, wenn Admiral Janeway sich nicht auf irgendetwas Gefährliches eingelassen hätte!«

Barclay wich zurück, als der Doktor ihm folgte. »Sie legen mir Worte in den Mund …«

Der holographische Arzt blieb in Bewegung und trieb Barclay in eine Ecke. Dort hielt er ihn an beiden Armen fest und durchbohrte ihn erneut mit einem starren, unerbittlichen Blick.

Bei den nächsten Worten verschwand der freundliche Klang aus den Worten des Doktors. Er meinte es ernst und daran ließ er nun keinen Zweifel mehr.

Für eine strukturierte Ansammlung photonischer Partikel war sein Griff erstaunlich fest.

»Sagen Sie mir, wo Admiral Janeway ist, Reg.«

5

Eine klingonische Festung auf einem zerklüfteten Mond. Es kursierten tausend Gerüchte darüber, wie solche improvisierten Bastionen wirklich aussahen. Selbst in dieser modernen Zeit war es nur wenigen Menschen gestattet worden, sich jenen monolithischen Zentren des Überlebens und der Tradition zu nähern.

Klingonen waren impulsiv und nicht besonders einfallsreich. Wenn sie etwas fanden, das funktionierte, so blieben sie dabei. Das galt auch für felsige Unterkünfte. Sie verwendeten sie noch immer, obgleich ihnen natürlich sehr effiziente Konstruktionsmethoden zur Verfügung standen.

Als Kathryn Janeway in der Festung materialisierte, nahm sie sofort den typischen Geruch von synthetischem Felsgestein wahr. Offenbar fühlte sich Korath nicht so sehr der Tradition verpflichtet, dass er auf den Einsatz leistungsfähiger Technik verzichtete. Synthetische Seide, synthetisches Elfenbein – warum nicht auch synthetischer Stein?

Fackelschein verwirrte ihre Augen und hinzu kam das Surren des Transporterstrahls, das ihr immer durch und durch ging. Während des Beamens hielt sie stets den Atem an, obwohl das eigentlich gar nicht nötig war. Der Grund dafür blieb ihr verborgen. Diesmal mochte Sorge dahinter stecken – es gefiel ihr nicht, den Shuttle im Orbit dem Autopiloten zu überlassen. Codesequenzen und andere Dinge schützten das kleine Raumschiff, aber trotzdem bedauerte es Janeway, dass sich kein Freund an Bord befand, nur für den Fall.

Der Mond hatte keine Atmosphäre, was bedeutete: Die Festung musste luftdicht und gut abgeschirmt sein – ein weiterer guter Grund für den Einsatz von Technik. Die künstliche Umgebung erfüllte Janeway mit neuer Zuversicht. Sie verstand eine derartige Lebensweise. Der Anschein des Primitiven war falsch. Dahinter versteckten sich komplexe Systeme, die nicht nur der Lebenserhaltung dienten, sondern auch der Ästhetik. Damit konnte sie arbeiten.

Als der Retransfer in der Festung erfolgte, sah Janeway im Schein der Fackeln die Silhouetten von zwei Klingonen. Zwischen ihnen, kleiner und weniger stark gepanzert, stand Miral Paris.

Hinter ihnen erstreckte sich ein Tunnel, an dessen steinernen Wänden Fackeln brannten. Es erweckte einen mittelalterlichen Eindruck, obwohl der besondere Glanz des Gesteins auf seine künstliche Natur hinwies.

»Willkommen im Haus von Korath, Admiral«, sagte Miral. Sie sprach mit fester und lauter Stimme, um keinen Zweifel daran zu lassen, dass Janeway an diesem Ort willkommen war.

»Mir gefällt, was er mit diesem Ort angestellt hat.« Janeways Stimme hallte von den Wänden wider.

»Guv'ha gor!«, fauchte der Klingone links von Miral. *»Nu'Tuq mal!«*

»T'Pak!«, erwiderte Miral scharf und sah ihn an. *»Gaht bek'cha tuq mal gun'mok!«*

Der Klingone ballte die Fäuste, nahm abgesehen davon aber keine feindselige Haltung ein. Miral warf ihm noch einen bösen Blick zu, bevor sie zu Janeway trat.

»Könnten Sie für mich übersetzen?«, fragte die Admiralin. Sie hatte kaum etwas verstanden, obwohl der Tonfall gewisse Schlüsse zuließ.

Miral war nur zu einem Viertel Klingonin, aber im Licht der Fackeln wirkte sie fast wie eine imperiale Kriegerin – ihre Stirnhöcker traten deutlicher als sonst hervor. Aber vielleicht bildete sich Janeway das auch nur ein.

»Er bezeichnete Ihr Verhalten als respektlos.«

Janeway sah die Klingonen an. »Ich hoffe, Sie haben ihm mitgeteilt, dass ich alles andere als unhöflich sein wollte.«

»Ich habe ihm gesagt, dass ich ihm den Arm brechen würde, wenn er *Ihnen* nicht mehr Respekt entgegenbringt.«

Janeway erlaubte sich ein leises, bewunderndes Lachen und schüttelte dann den Kopf. »Sie kommen ganz nach Ihrer Mutter.«

Miral strahlte, ohne zu lächeln, denn das hätten die Klingonen für ein Zeichen von Schwäche halten können. »Korath wartet. Wir sollten zu ihm gehen.«

Also keine Gelegenheit für eine Plauderei.

Die junge Frau wollte sich in Bewegung setzen, um ihre Begleiterin durch die Tunnel der Festung zu führen, doch Janeway legte ihr die Hand auf die Schulter. »Tut mir Leid, aber hier trennen sich unsere Wege.«

»Wie bitte?«

»Sie können wegtreten, Fähnrich.«

»Admiral, ich glaube, ich sollte ...«

»Ich kann gut auf mich selbst aufpassen.«

Miral wandte sich ihr zu. »Bei allem Respekt: Seit sechs Monaten arbeite ich an dieser Sache!«

»Und Sie haben ausgezeichnete Arbeit geleistet. Aber jetzt ist es vorbei. Verstanden?«

Miral Paris war an Bord eines Raumschiffs groß geworden, dessen Captain Kathryn Janeway hieß – eine fast allmächtige, wohlmeinende Diktatorin, die ihren kleinen Teil des Universums schützte. Alles brauchte die Zustimmung des Captains. Alle Probleme lagen auf den Schultern des Captains. Die Entschlossenheit des Captains hielt Gefahren von Schiff und Crew fern. Die Augen der jungen Frau zeigten deutliche Heldenverehrung, vermischt mit dem Bestreben, die Anerkennung und das Vertrauen dieses monumentalen Beispiels an Tugendhaftigkeit zu bekommen.

Und sie wollte Janeway begleiten.

»Ja, Ma'am«, sagte Miral trotzdem.

Anteilnahme regte sich in Janeway. Manchmal fiel es dem Träger der Fackel schwer, sie weiterzugeben, insbesondere dann, wenn er sie einer Person überlassen musste, die über größere Autorität verfügte und nicht an der harten Vorbereitungsarbeit teilgenommen hatte. Es konnte kein Zweifel daran bestehen, dass Miral Paris tatsächlich ausgezeichnete Arbeit geleistet hatte – und ohne Fragen zu stellen. In Starfleet wusste man es zu schätzen, wenn sich jemand hingebungsvoll darum bemühte, einen Auftrag zu erfüllen. Normalerweise lag so etwas auch in der menschlichen Natur – und in der klingonischen. Miral zeichnete sich in dieser Hinsicht durch doppelte Bereitschaft aus; sie wollte zu Ende bringen, was sie begonnen hatte.

Aber Kathryn Janeway hatte ganz allein damit begonnen, diesen Weg zu beschreiten, und sie wollte ihn allein fortsetzen. Alle anderen Dinge spielten derzeit eine untergeordnete Rolle – darum konnte sie sich kümmern, wenn ihre Mission erfolgreich gewesen war.

»Zufälligerweise weiß ich, dass Ihre Eltern ganz versessen darauf sind, ein wenig Zeit mit Ihnen zu verbringen«, sagte Janeway. Mit voller Absicht drückte sie sich vage aus und verlieh ihrer Stimme einen herablassenden Klang. Wenn Miral genug Ärger empfand, würde sie den Mond verlassen; dann konnte sie nicht mehr zu einem möglichen Angriffsziel oder einer Geisel werden. »Nehmen Sie sich einige Tage frei«, fügte Janeway hinzu. »Besuchen Sie sie.«

Nur wenige Personen verstanden den oft schwierigen Umgang mit Klingonen besser als solche, in deren Adern klingonisches Blut floss. Leidenschaft und Passion, heißer Zorn und eiskalte Entschlossenheit – all das gehörte zusammen, bildete eine überaus komplizierte Einheit. Im Gegensatz zu ihrer Mutter B'Elanna begrüßte Miral den geheimnisvollen Nimbus ihrer klingonischen Abstammung, allerdings vor allem deswegen, weil sie nie wirklich unter Klingonen gelebt hatte und alles nur von »außen« kannte. Für sie war dies alles noch ein Abenteuer, kein Lebensstil. Sie war ein Starfleet-Fähnrich auf geheimer Mission. Ihre Fähigkeit, ohne den geringsten Akzent Klingonisch zu sprechen – ein Geschenk ihrer besonderen genetischen Struktur –, war ein großer Vorteil gewesen. Aber es ging um noch mehr: Janeway hatte Miral die Chance geben wollen zu beweisen, dass sie nicht nur ein Mitglied der berühmten *Voyager*-Familie war, eine Überlebende der langen Reise. Jeder verdiente eine solche Chance.

Die junge Frau hielt Janeways abweisende Worte sicher für ungerecht, aber sie zeigte bewundernswerte Selbstbeherrschung, indem sie einfach nur nickte und der Admiralin den richtigen Korridor zeigte.

Janeway zögerte nicht und ging, ließ Miral in einer von Fackeln erhellten Höhle zurück – hoffentlich das letzte Mitglied ihres »Clans«, das sie an dieser speziellen Angelegenheit beteiligt hatte.

Die Korridore waren lang, gewölbt und öde. Die mit Duftstoffen angereicherte Luft zirkulierte langsam und erwies sich als recht kühl. Zusammen mit den beiden klingonischen Wächtern passierte Janeway mehrere unordentliche Vorzimmer, ohne jemanden zu sehen.

Schließlich wandten sie sich nach links und betraten einen größeren, halbdunklen Raum, gefüllt mit Geräten aller Art. Einige von ihnen erfüllten eine erkennbare Funktion; andere wirkten sehr fremdartig und schienen aus dunklen Quellen zu stammen. Korath befand sich im Zentrum dieses Durcheinanders.

Die Klingonen hielten sich zwar für rebellisch, gaben sich aber erstaunlich große Mühe, alle gleich auszusehen. Korath war ein typischer alter Klingone und schien großen Wert darauf zu legen, dem üblichen Klischee zu entsprechen: langes graues Haar, ungekämmt; im Alter besonders stark hervortretende Stirnhöcker; ein unnötiger Körperpanzer; unbequeme Kleidung; und prinzipielle Verdrießlichkeit. Er hantierte mit einem Laserwerkzeug und versuchte, eine Waffe zu justieren, die Janeway nicht erkannte.

Die beiden klingonischen Wächter blieben im Eingang stehen. Janeway ging so weiter, als stattete sie diesem Ort jeden Tag einen Besuch ab.

Korath wusste von ihrer Präsenz, setzte die Arbeit an seinem Spielzeug aber ungerührt fort. Nach einer Weile schaltete er das Laser-Werkzeug aus und hob die Waffe.

»Ein cardassianischer Disruptor«, verkündete er stolz. »Ich habe ihn so modifiziert, dass er Nadion-Impulse abstrahlt.«

Schön. Kann man damit auch stricken?

»Beeindruckend«, erwiderte Janeway. Eine bessere Antwort fiel ihr nicht ein. »Aber deshalb bin ich nicht gekommen.«

»Nein. Ihnen geht es um etwas weitaus Gefährlicheres.«

Korath hatte es nicht eilig, als er nach einem anderen Werkzeug griff und erneut an dem Disruptor arbeitete. Wenn er glaubte, auf diese Weise wirklich jemanden beeindrucken zu können, so hatte er sich zu lange in diesen Höhlen aufgehalten.

»Wo ist der Apparat?«, fragte Janeway. Es war bereits alles geregelt – warum hielt er sie hin?

»An einem sicheren Ort«, brummte Korath.

Lieber Himmel. Pseudo-Überlegenheit. Warum musste er so leicht durchschaubar sein?

Janeway beschloss, für ein oder zwei Minuten auf das phantasielose Spiel einzugehen. »Es hat mich erhebliche Mühe gekostet, Ihnen den Sitz im Hohen Rat zu besorgen. Geben Sie mir jetzt, was Sie mir versprochen haben.«

Korath trat an einen Monitor im künstlichen Felsgestein heran und aktivierte ihn. Eine rotierende Darstellung von Janeways privatem Shuttle im Orbit des Mondes erschien. Das Bild war ein wenig körnig, aber scharf genug. An der Seite glitten klingonische Schriftzeichen durch ein Bildschirmfenster.

»Ich habe Ihr Shuttle gescannt. Sie haben einige interessante Veränderungen daran vorgenommen.«

Der Klingone betätigte ein Schaltelement, richtete damit den elektronischen Zoom auf eine bestimmte Komponente.

»Besonders interessant ist Ihr Schildgenerator«, sagte er.

Janeway blickte auf den Schirm und zeigte dabei etwas mehr als den vorbereiteten Stolz. »Er ist nicht zu verkaufen.«

Korath lächelte, wodurch noch mehr Falten in seinem Gesicht entstanden. »Dann steht das, was Sie wollen, ebenfalls nicht zur Verfügung.«

»Wir hatten eine Vereinbarung.«

Der alte Klingone winkte den beiden Wächtern an der Tür zu. »Führen Sie die Admiralin hinaus«, sagte er ohne große Theatralik.

Kurz darauf kehrte Janeway in Koraths Thronsaal zurück. »Ich habe noch einmal über Ihr Angebot nachgedacht.«

»Das überrascht mich nicht«, entgegnete der Klingone spöttisch.

»Ich gebe Ihnen den Schildgenerator«, fuhr Janeway so fort, als hätte Korath überhaupt nichts gesagt. »Aber erst möchte ich mir den Apparat ansehen. Um ganz sicher zu sein, dass er funktioniert.«

Koraths Miene verfärbte sich purpurn. »Stellen Sie meine Ehre in Frage?«

»Nein«, erwiderte Janeway. »Wenn Sie so etwas wie Ehre hätten, würden Sie sich an unsere ursprüngliche Vereinbarung halten. Zeigen Sie mir den Apparat oder ich gehe.«

Ihr Ultimatum klang so echt, dass Korath offenbar an den Ernst der Worte glaubte. Janeway glaubte fast selbst daran.

Janeway hielt die Arme und Beine völlig still. Wenn Klingonen ein Zucken sahen, glaubten sie vielleicht, einen psychologischen Vorteil zu haben. Möglicherweise deuteten sie Bewegung sogar als ein Zeichen von Anspannung. Es gab verschiedene Möglichkeiten, Unbehagen zu interpretieren, und jede einzelne mochte Janeway zum Nachteil gereichen. Sie richtete ihren Blick auf Korath und konzentrierte ihr ganzes Selbst auf ihn. Die beiden Wächter hätten genausogut leblose Statuen sein können – sie schenkte ihnen überhaupt keine Beachtung.

Ein großer Teil der Felswand erschimmerte plötzlich und verschwand, erwies sich dadurch als holographische Projektion. Ein spezieller Lagerraum kam zum Vorschein und darin stand ein Tisch, auf dem der temporale Deflektor ruhte.

Bis vor kurzer Zeit hatte Janeway angenommen, dass die angebliche Wissenschaft der temporalen Deflektion kaum mehr wäre als ein Mythos, im Imperium ebenso wie in der Föderation. Miral hatte gesagt, dass der Apparat funktionierte, aber junge, idealistische Fähnriche konnten getäuscht werden. Sie *wollten* an so viele Dinge glauben ...

Wenn dieses Gerät wirklich bewerkstelligen konnte, was die Gerüchte behaupteten – warum war sein Preis dann so gering wie ein Sitz im Hohen Rat des Klingonischen Imperiums?

Andererseits ... Individuelle Wertvorstellungen waren ebenso unterschiedlich wie persönlicher Ehrgeiz. Manche Leute wünschten sich nichts mehr, als ihre Schwiegermutter loszuwerden. Korath wollte auf alle anderen Klingonen hinabsehen, und zwar vom einzigen Gipfel, der ihm etwas bedeutete.

Das Gehäuse des Deflektors erwies sich als überraschend aerodynamisch – Kunst und Ästhetik spielten dabei eine größere Rolle als eigentlich notwendig. Der stromlinienförmige Apparat würde sich problemlos am Shuttle befestigen lassen. Janeway stellte sich bereits vor, an welcher Stelle sie ihn montierte und mit einer Energiequelle verband.

Sie holte ihren Tricorder hervor, aktivierte ihn und gab sich dabei ganz lässig.

Janeway machte Gebrauch von ihrer eisernen Selbstbeherrschung und schwieg, als sie das Gerät sondierte. Sie verhielt sich wie ein wissenschaftlicher Offizier, der etwas Interessantes untersuchte. Korath beobachtete sie und unternahm nichts, um sie an der Analyse zu hindern. Wenn Janeway etwas erklärt hätte, wäre er vielleicht misstrauisch geworden, und deshalb blieb sie stumm. Bisher gab es in ihrem Verhalten keine unerwarteten Aspekte, abgesehen vielleicht davon, dass sie sich dem Apparat zu sehr näherte.

Noch sechs Schritte ... fünf ... Sie musste in Reichweite sein; es durfte nicht den geringsten Fehlerspielraum geben.

Warum war Korath so dumm, sie ganz nahe an das Gerät herantreten zu lassen? Nun, vielleicht hatten Schicksal und Glück beschlossen, ihr einen Gefallen zu erweisen.

Korath kam näher und ließ Janeway nicht aus den Augen. Er lauschte dem Piepen und Zirpen des Tricorders, schien sich zu fragen, wann die Menge der ermittelten Informationen genügte. In der einen Hand hielt er den cardassianischen Disruptor – dieses Detail übersah Janeway nicht.

Sie selbst war unbewaffnet. Die Schilde der Festung hätten nicht zugelassen, dass sie sich mit einem Phaser ins Innere der Bastion beamte. Sie hatte nur den Tricorder und sein fröhliches Zirpen.

Derzeit genügte ihr das. Sie sah zu Korath. »Es scheint alles in Ordnung zu sein.«

Sie klopfte kurz aufs mittlere Segment des Deflektors, hinterließ dabei einen kleinen magnetischen Transferverstärker. Ein Finger der anderen Hand berührte eine Schaltfläche des Tricorders, wodurch ein zuvor programmierter Code gesendet wurde.

Janeway hielt den Atem an, als es in der Luft um sie herum zu surren begann.

Sie und der temporale Deflektor begannen zu entmaterialisieren.

»Haltet sie auf!«, hallte Koraths Ruf durch die Höhlen. Er hob den Disruptor.

Die beiden klingonischen Wächter zückten ihre Waffen und feuerten.

Janeway krümmte die Schultern, als sie die Hitze von Strahlblitzen spürte. Sie wusste nicht, ob der Transfer schnell genug stattfand, um sie davor zu bewahren, von den Energiestrahlen getroffen zu werden.

Was Korath betraf: Sie hatte den vereinbarten Preis für den Deflektor längst bezahlt.

6

»Computer, Panzerung aktivieren.« Janeway gab diese Anweisung, noch bevor sie ganz rematerialisiert war. Energie durchströmte das kleine Raumschiff, und ein seltsames *Pockpockpock* erklang – es stammte von Panzerplatten, die sich wie Schindeln über die Außenhülle stülpten. Was für ein Geräusch. Es hatte auch Vorteile, in einem fernen Winkel der Galaxis fremden Wesen begegnet zu sein. In Janeways Ärmel steckte noch das eine oder andere Ass.

Sie verlor keine Zeit damit, sich über das gelungene Manöver zu freuen, trat sofort zur Navigationskonsole und betätigte die Kontrollen. »Computer, nimm Kurs auf diese Koordinaten …«

Der Shuttle kippte abrupt nach backbord und Janeway wäre fast gestürzt. Griffen die Klingonen bereits an? Korath schien über mehr Möglichkeiten zu verfügen, als sie angenommen hatte. Nun, er verdankte es ihr, dass er im Hohen Rat saß, wodurch er Anspruch auf eine Menge Feuerkraft hatte.

Janeway blickte auf ein Display – die Panzerung hielt. Gut. Sie schaltete das Kom-System ein und Koraths Gesicht erschien auf dem Schirm. Er befand sich noch immer in seiner felsigen Bastion.

»Was wollen Sie?«, fragte Janeway.

»Sie werden für Ihren Betrug bezahlen, *ghuy' cha*! Das Haus von Korath wird nicht eher ruhen, bis Sie in Ihrem eigenen Blut ertrinken …«

»Ich würde gern noch ein wenig plaudern, aber leider muss ich los.«

Janeway schloss den externen Kom-Kanal und lächelte kurz, als das Bild des Klingonen vom Bildschirm verschwand. Das hatte ihr gefallen!

»Computer, Warp sechs«, sagte sie. Es wurde Zeit, zur Sache zu kommen.

Leute wie Korath, die ein doppeltes Spiel trieben, waren immer ein leichtes Ziel. Im Delta-Quadranten hatte es Janeway mit so vielen Aliens zu tun bekommen, dass der Umgang mit Klingonen ein Kinderspiel war.

Unbeeindruckt ließ sie Korath und sein verletztes Ego hinter sich zurück.

Sie nahm im Pilotensessel Platz und verbannte die Anspannung aus ihr – diesen kleinen Trick hatte sie schon vor einer ganzen Weile gelernt. Ein mit Warp sechs fliegendes Shuttle ließ sich nicht mit einem großen Raumschiff vergleichen, das mit der gleichen Geschwindigkeit flog. Es befanden sich keine zwölf Decks zwischen ihr und dem Weltraum, keine dicke Isolierung aus Metall, Kunststoff und Strukturintegritätsfeldern, die sie vor den Auswirkungen einer Geschwindigkeit abschirmte, die in der Natur unmöglich war. Trotz der Panzerung spürte Janeway die Verzerrung des Raum-Zeit-Gefüges auf der Haut und in den Muskeln, hinter den Augen und am Nacken.

Plötzlich dachte sie an Chakotay. Er hatte so etwas nie gefühlt und immer gesagt, sie bildete es sich nur ein. Seiner Ansicht nach konnte man nicht aus tiefem Schlaf erwachen und wissen, ob das Schiff mit Warpgeschwindigkeit flog oder nicht.

Doch Janeway spürte es jetzt ganz deutlich – die Aufregung moderner Wissenschaft prickelte in ihr und sorgte dafür, das sich die kleinen Haare an den Armen aufrichteten. Selbst ein Hitzkopf wie Korath war vernünftig genug, nicht die Verfolgung aufzunehmen. Und wenn er sich doch dazu entschloss, so würde die Panzerung des Shuttles bei ihm für erhebliche Verwirrung sorgen. Nun, bestimmt blieb er in seiner Festung.

Hatte Miral den Mond rechtzeitig genug verlassen, um sich in Sicherheit zu bringen?

Wenn ich davon überzeugt wäre, würde ich mir keine Sorgen machen.

»Wir nähern uns den genannten Koordinaten«, verkündete der Computer.

Janeway setzte sich auf. »Relativgeschwindigkeit null.«

»Warnung: Raumschiff im Anflug, Vektor eins zwei eins Komma sechs.«

Sie beugte sich vor und blickte auf die Anzeigen. Wer mochte dort draußen sein?

Hinter ihrer Stirn schrillte ein anderer Alarm. Hatte sie es nicht geschafft, ihre Pläne für sich zu behalten und alle Geheimnisse zu wahren? Nach all den Jahren verstanden sie und die Crew sich gut darauf, auch im Schweigen Absichten zu erkennen. Hatte sie etwas verraten, ohne es zu wollen?

»Oh, verdammt«, murmelte sie, als eine Kom-Verbindung hergestellt wurde. »Ich wusste, dass alles zu glatt ging. Computer, Panzerung einziehen.«

Pockpockpock – die Schindeln wichen wieder zurück.

Janeway blickte durchs Bugfenster und sah ein großes, gerade erst in Dienst gestelltes Raumschiff, neben dem der Shuttle wie ein Zwerg wirkte. Auf dem Kom-Schirm erschien ein vertrautes Gesicht.

Sie seufzte. »Harry … Und man behauptet immer, das Weltall sei so groß.«

»Senken Sie die Schilde, Admiral«, sagte Kim. »Und halten Sie sich für den Transfer bereit. Ich nehme Sie in Gewahrsam.«

»Dazu besteht kein Anlass, Captain«, erwiderte Janeway.

Das stimmte. Eigentlich unternahm sie nur einen Flug mit ihrem privaten Shuttle. Niemand sonst wusste von Korath und jene Angelegenheit fiel ohnehin nicht in den Zuständigkeitsbereich der Föderation. Wollte Kim sie verhaften, weil sie den geplanten Unterricht an der Akademie ausfallen ließ?

Zwar war auch Harry Kim älter geworden, aber er zeichnete sich noch immer durch eine gewisse Jungenhaftigkeit aus. Ihm gefiel nicht, auf welche Weise er hier aktiv werden musste – Janeway sah es in seinen Augen, erkannte es in seinem Zögern.

»Reg hat dem Doktor alles gesagt«, meinte er. »Und der Doktor hat es mir erzählt.«

»Man sollte meinen, dass ich nach all den Jahren ihre Loyalität verdient habe«, klagte Janeway nicht ohne ein Körnchen Wahrheit.

»Sie sind ihnen zu wichtig, um Sie gewähren zu lassen. Und das gilt auch für mich.«

Janeway hob die Hand, bevor Kim einem seiner Brückenoffiziere den direkten Befehl geben konnte, sie an Bord zu beamen. »Unter einer Bedingung: Sie geben mir Gelegenheit, Ihnen alles zu erklären.«

»Einverstanden. Bereiten Sie sich auf den Transfer vor.«

Janeway hatte Harrys – Captain Kims – Bereitschaftsraum gerade erst betreten, als er begann: »Chronexalin? Ein klingonischer temporaler Deflektor? Miral Paris im stellaren Territorium der Klingonen, von Ihnen beauftragt … Chakotays Bestattung, das zehnte Treffen … Admiral, man braucht kein Genie zu sein, um zu erkennen, was Sie vorhaben. Sie ahnen nicht, welche Konsequenzen sich daraus ergeben könnten!«

»Ich weiß, wie die Konsequenzen aussehen, wenn wir nichts unternehmen«, erwiderte Janeway. »Und Sie ebenfalls.« In plötzlicher Erregung beugte sie sich vor. »Ich habe die Möglichkeit, das alles zu ändern!«

»Wenn Starfleet Command wüsste, was Sie planen …«, sagte Kim.

Janeway nahm sich einige Sekunden, um den Blick durch Kims Bereitschaftsraum schweifen zu lassen. Ein Kal-Toh-Spiel, einige Fotos und ein recht mitgenommen wirkender Hockey-Schläger wiesen darauf hin, dass Harry jetzt zwar den Rang eines Captains bekleidete, aber teilweise noch immer der junge Mann war, den Janeway vor vielen Jahren kennen gelernt hatte. »Sie haben Starfleet Command keinen Bericht übermittelt?«

»Der Doktor und ich hielten es für besser, wenn die Sache in der Familie bleibt.«

Janeway verstand Kims Problem. Als Starfleet-Captain hatte er geschworen, keine Anweisungen mehr von seinem früheren Captain entgegenzunehmen und auch nicht ausschließlich das Wohlergehen der vergangenen oder aktuellen Schiffskameraden im Auge zu haben. Er musste vielmehr das Wohl der ganzen Föderation berücksichtigen. Er sollte nicht daran denken, wie nachteilig sich die Vergangenheit auf die Gegenwart ausgewirkt hatte. Seine Aufgabe bestand vielmehr darin, die Gegenwart zu verteidigen.

Was Janeway plante, war äußerst riskant. Alle Starfleet-Angehörigen wussten, wie gefährlich solche experimentellen Missionen sein konnten. Aber man hatte die eine oder andere durchgeführt, mit Erfolg, wenn man den Aufzeichnungen von Helden und Träumern glauben durfte …

»Was ist mit Ihrer Crew?«, fragte sie. Immerhin hatte Kim jetzt eine neue »Familie«.

»Ich habe behauptet, Sie zur medizinischen Abteilung von Starfleet bringen zu müssen, weil Sie an einer seltenen Krankheit leiden.«

Janeway lächelte. »Hoffentlich ist sie nicht tödlich.«

»Nein«, sagte Kim. »Aber sie wirkt sich negativ auf das Urteilsvermögen aus.«

»Ich weiß, was ich tue, Harry.«

»Wirklich? Können Sie mit absoluter Gewissheit sagen, dass es funktionieren wird? Wenn nicht, wäre die Sache viel zu riskant. Ganz abgesehen davon, dass sie gegen alle Vorschriften und Regeln verstößt.«

Nun, das war ein obligatorischer Hinweis, der ganz automatisch erfolgte – eine Mahnung, die einem der ältesten Klischees entsprach. Diesen Punkt konnten sie wenigstens abhaken. Das Risiko war nie ein Problem gewesen. So etwas hatten sie während der langen Reise an jedem zweiten Tag zum Frühstück, Mittag- und Abendessen verspeist. Kein ehemaliges Besatzungsmitglied der *Voyager* ließ sich von einem Risiko abschrecken. Warum kam Kim ausgerechnet darauf zu sprechen?

Janeway stellte fest, dass sie lächelte. Harry bemerkte es und wurde unruhiger.

»Was ist?«, fragte er.

»Oh, ich ... habe mich gerade an einen jungen Fähnrich erinnert. Er wollte in einen Nebel fliegen, in dem es von Borg wimmelte, nur um herauszufinden, ob es von dort aus vielleicht einen Weg nach Hause gab ...«

»Sie haben mich daran gehindert, wenn ich mich recht entsinne«, erwiderte Kim.

Janeway nickte und erinnerte sich auch an die Stimme der Vernunft. »Damals wussten wir nicht, was wir heute wissen.«

»Unsere Technik ist besser geworden, aber ...«

»Es geht mir nicht um Technik, sondern um Personen. Um Personen, die nicht so viel Glück hatten wie Sie und ich.«

Kims Gesichtsausdruck wies darauf hin, dass er ins Wanken geriet. Er hatte ebenso wenig eine Pokermiene im Repertoire wie Reg. Sicher, er war jetzt ein Captain, aber wenn er mit der Frau konfrontiert wurde, die über viele Jahre hinweg *sein* Captain gewesen war ... Nun, er saß noch nicht lange genug im Kommandosessel, um den Schulbubenkomplex überwunden zu haben.

Und es gab noch mehr. Kim wusste, dass sie die gleiche Entscheidung getroffen hätte, wenn er einer der Unglücklichen gewesen wäre. Angesichts der vielen vom Zufall bestimmten Verluste und einer tief in ihnen verwurzelten Unzufriedenheit konnte Kim kaum über die Lauterkeit von Janeways Motiven hinwegsehen. Ja, es gab Gefahren, aber das war immer der Fall. Harrys Absicht bestand nicht darin, die ganze Föderation vor einem großen Risiko zu schützen. Er wollte ein Mitglied seiner Familie darin hindern, auf die verkehrsreiche Straße zurückzukehren, von der sie mit knapper Not entkommen waren.

Diesen Umstand konnte Janeway für sich nutzen. Niemand von ihnen war mit seinem oder ihrem Leben zufrieden genug, um zu rechtfertigen, dass Harry sie aufhielt.

»Sie meinten eben, der Doktor und Sie hielten es für besser, wenn diese Sache in der Familie bleibt«, sagte Janeway. »Aber unsere Familie ist nicht mehr komplett, oder?« Sie ließ einige Sekunden verstreichen und ihre Worte auf Kim einwirken. Jeder von ihnen wusste, was dem anderen durch den Kopf ging. Auf gewisse Dinge brauchte nicht extra hingewiesen zu werden. »Ich bitte Sie, mir zu vertrauen, Harry – ein letztes Mal.«

In Kims Augen veränderte sich etwas. Janeway kannte ihn gut genug, um es zu erkennen. Außer ihr hätte es vermutlich niemand bemerkt.

»Ich vertraue Ihnen nicht nur«, sagte er. »Ich helfe Ihnen.«

Als Kim seinen Entschluss einmal gefasst hatte, blieb er ohne irgendwelche Einschränkungen dabei. In seinem Gesicht deutete nichts auf Reste von Zweifel hin, als er sich zusammen mit Janeway an Bord des Shuttles beamte. Sie verzichteten darauf, sich von Besatzungsmitgliedern der *Rhode Island* helfen zu lassen, montierten den temporalen Deflektor allein an der Außenhülle des kleinen Raumschiffs und verbanden ihn mit dem Energieversorgungssystem. Sie sprachen nicht mehr über Risiken.

»Wenn Starfleet Command herausfindet, dass ich etwas damit zu tun habe, werde ich degradiert und wieder zum Fähnrich«, sagte Kim, als sie sich wieder im Innern des Shuttles befanden und die notwendigen Rejustierungen der internen Systeme vornahmen.

Ein recht ironischer Kommentar, wenn man die Umstände berücksichtigte.

»Sie machen sich zu große Sorgen, Harry«, sagte Janeway. »Dadurch wachsen Ihnen graue Haare.«

»Koraths Apparat erzeugt zu viel tachyokinetische Energie. Auf dem Weg zu Ihrem Ziel brennt er vielleicht aus.« Kim wandte den Blick vom Monitor ab, der ihm diese Informationen zeigte. »Dann könnten Sie nicht zurückkehren«, fügte er hinzu.

»Ich bin immer davon ausgegangen, dass es keine Rückkehr gibt.«

Janeway hatte Frieden mit ihrer Entscheidung geschlossen, doch in Kims blasser Miene zeigte sich neuerliche Besorgnis. Er wies nicht erneut darauf hin, dass es keine Garantie für das volle Funktionspotenzial des Geräts gab. Vielleicht hatte sich Korath geirrt und der vermeintliche temporale Deflektor war in Wirklichkeit eine besonders exotische Waschmaschine – oder ein Instrument, das die Zellen lebender Organismen in ihre atomaren Bestandteile zerlegte. Möglicherweise verhielt es sich ähnlich wie mit den ersten Transporter-Experimenten – vielleicht vertraute Janeway ihr Leben einer Art technischem Voodoo an.

»Sind Sie für eine letzte Überprüfung bereit?«, fragte Kim.

»Es kann losgehen.«

»Aktivieren Sie Monitor vier.«

Eine rotierende Darstellung des Shuttles erschien auf dem Bildschirm. Der temporale Deflektor saß so auf dem kleinen Raumschiff wie der Hut auf einem Kaninchen.

»Und ich kann Ihnen diese Sache bestimmt nicht ausreden?« Kim lauschte dem Klang der eigenen Worte. »Natürlich nicht. Dumme Frage.«

Er stand auf, drehte sich zu ihr um und sie umarmte ihn. Das Konzept des Kommandos löste sich auf. Sie waren wie zwei nahe Verwandte, die sich verabschiedeten. Uniformen und Rang spielten keine Rolle mehr.

Janeway ließ die Arme sinken, um zu vermeiden, dass der Abschied zu emotional wurde.

Harry trat einen Schritt zurück und klopfte auf seinen Insignienkommunikator. »Kim an *Rhode Island*. Beamen Sie mich an Bord.«

Die *Rhode Island* löste das Versprechen ihres Captains ein und ging fast sofort in den Warptransit. Keine Zeugen. Man konnte Harry wohl kaum vorwerfen, keine Aufzeichnungen von etwas angefertigt zu haben, das die Scanner und Sensoren seines Schiffes gar nicht erfasst hatten.

Janeway war wieder allein. Sie hatte daran gedacht, dass sie sich vielleicht nicht so einsam fühlte mit dem Wissen, Harry Kim, den Doktor und auch Reg auf ihrer Seite zu haben.

Doch das klappte nicht. Das Gefühl, völlig allein zu sein, senkte sich mit unerwarteter Intensität auf sie herab und jeder verstreichende Augenblick wurde zu einer ganz besonderen Belastung.

Gleichzeitig gewann sie den sehr realen Eindruck, das Leben all der Personen, die ihr jetzt fehlten, in der Hand zu halten. Von diesem Empfinden wollte sie sich nicht trennen – es schien zu sehr Teil ihrer aktuellen Wirklichkeit zu sein.

Jetzt musste sie wenigstens niemanden mehr dazu überreden, sie gewähren zu lassen. Es war nicht mehr nötig, Klingonen zu überlisten oder Fähnriche in Gefahr zu bringen. Es ging jetzt nur noch darum, dem Bordcomputer Anweisungen zu erteilen, einer Maschine, die ihr bedingungslos gehorchen würde.

»Computer ...«, begann Janeway und holte tief Luft. »Aktiviere den Chrono-Deflektor.«

Ein leises, aus zwei Tönen bestehendes Summen vibrierte durch die Außenhülle des Shuttles und wurde langsam lauter. Die energetische Verbindung erwies sich als stabil. Wenn der Apparat sie jetzt nicht ins zehnte Jahrhundert vor Beginn der Zeitrechnung versetzte ...

»Warnung«, erklang die Sprachprozessorstimme des Computers. »Raumschiff im Anflug, Kurs null Komma vier zwei.«

»Was hat das denn zu bedeuten?!« entfuhr es Janeway. Sie betätigte die Kontrollen. »Identifizierung!«

Der Computer bekam gar keine Gelegenheit, ihr zu antworten. Zwei mit flügelartigen Erweiterungen ausgestattete Raumschiffe deaktivierten ihre Tarnvorrichtungen und eröffneten das Feuer.

Klingonen!

7

Die Klingonen ließen sofort die Waffen sprechen, hielten sich nicht mit irgendwelchen Drohungen oder Forderungen auf.

»Panzerung aktivieren!«, rief Janeway, um das Donnern zu übertönen.

»Anweisung kann nicht ausgeführt werden. Der betreffende Generator verfügt über keine ausreichende Betriebsenergie.«

Bumm – wieder schüttelte sich der Shuttle.

»Ausweichmuster Beta-sechs!«

Das automatische Navigationssystem wurde aktiv und ein wilder Flug begann. Janeway wäre sicher gefallen, wenn sie nicht gewusst hätte, in welche Richtung sich das kleine Raumschiff zuerst wenden würde.

»Einen Kom-Kanal zur *Rhode Island* öffnen!«

Der Kommunikator piepte und Harry Kim erschien auf dem Kom-Schirm. Janeway ließ ihm nicht genug Zeit, eine Frage zu formulieren. »Ich werde angegriffen, Harry. Wie schnell können Sie hier sein?«

»In zwei Minuten. Kursumkehr!«

»Bestätigung. Ich halte zwei Minuten durch. Ausweichmuster Alpha-z!«

Der Bug des Shuttles neigte sich abrupt nach ›unten‹. Zwei klingonische Disruptorstrahlen rasten durchs All und verfehlten das kleine Raumschiff, aber ihre periphere Energie sorgte für kurze Erschütterungen. Janeway schloss eine Wette mit sich selbst ab und wiederholte das Manöver mit einem Steuerbordvektor.

Unmittelbar darauf wurden ihre Vermutungen bestätigt. Die Klingonen versuchten auf die gleiche Weise wie zuvor, sie in die Zange zu nehmen, aber sie behinderten sich gegenseitig. Ihre Disruptorstrahlen kreuzten sich und dadurch diffundierte die destruktive Energie. Der Shuttle schüttelte sich, geriet aber nicht in Bedrängnis. Der Computer meldete nicht einmal Schäden.

Fast eine Minute lang schaffte es Janeway, die Klingonen an der Nase herumzuführen. Einmal wären die beiden Angreifer fast miteinander kollidiert. Nach dieser Fast-Kollision stellten sie ihr Feuer kurz ein, um sich neu zu orientieren.

Janeway nutzte diese Gelegenheit, um einen externen Kom-Kanal zu öffnen.

»Wenn Sie auf jemanden sauer sind, Korath, so meinen Sie es wirklich ernst damit, nicht wahr?«

»Geben Sie auf, Betrügerin!«

»Ich habe Sie nicht betrogen«, erwiderte Janeway. »Ich habe nur alles auf eine Karte gesetzt und gewonnen. Sie kennen sicher die Art dieses Spiels. Manchmal muss man es bis zum Ende spielen oder niemand gewinnt.«

Kostbare Zeit verstrich …

»Sie haben meinen Apparat gestohlen!«

»Ich bin kein Dieb. Ich habe nur ein wenig Ihren Stolz verletzt. Die Bezahlung für das Gerät ist bereits erfolgt – ohne meinen Einfluss hätten Sie den Sitz im Hohen Rat nie bekommen. Ein ziemlich hoher Preis für einen Starfleet-Offizier. Er hat mich einen Teil meines Rufes gekostet.«

»Auch ich habe einen Ruf zu wahren, Janeway. Sie und Ihre fremde Wissenschaft bedrohen mein Volk. Als Mitglied des Hohen Rates ist es meine …«

»Das soll wohl ein Witz sein«, unterbrach Janeway den Klingonen. »Ich habe von verdrehter Logik gehört, aber Sie scheinen in dieser Hinsicht besonders talentiert zu sein. Sie gehören zum Hohen Rat und müssen Ihr Volk vor mir schützen, obwohl Sie durch mich zu einem Mitglied des Rates geworden sind? Sie haben Ihren Beruf verfehlt, Korath. Sie hätten sich auf Gesangs- und Tanznummern spezialisieren sollen.«

»Klingonen tanzen nicht.«

Solange er redete, schoss er nicht. Das andere Schiff feuerte einige Male, aber der Shuttle wandte sich immer wieder hin und her, wich den Strahlblitzen aus. Ohne die Hilfe von Koraths Kreuzer konnte kein klares offensives Muster entstehen und dadurch fehlten dem zweiten Schiff Ansatzpunkte. Korath schien kaum Kampferfahrung zu haben; andernfalls hätte er sich bestimmt nicht so leicht ablenken lassen.

Der Shuttle war kleiner als die beiden klingonischen Schiffe und dadurch weitaus manövrierfähiger. Janeway deaktivierte den Autopiloten und betätigte die Navigationskontrollen mit einer Hand, während die andere den Generator rekalibrierte und Energie für den temporalen Deflektor fand. Sie steuerte das kleine Schiff durch eine lang gestreckte Spirale, die ihm ziemlich viel abverlangte – für die beiden klingonischen Raumer wären derartige strukturelle Belastungen zu groß gewesen.

Wer auch immer den zweiten Kreuzer befehligte – er war klüger oder einfach nur erfahrener als Korath. Er ahnte Janeways Manöver voraus, und als der Shuttle aus der Spirale kam, flog er direkt in einen Disruptorstrahl.

Tödliche Energie flackerte über die Außenhülle des kleinen Raumschiffs, im mittleren Bereich und an der Backbordseite. Janeway riss den Bug des Shuttles im letzten Augenblick nach oben, um zu verhindern, dass der temporale Deflektor von der destruktiven Energie erfasst wurde. Funken sprühten vor und hinter ihr durch die Pilotenkanzel. Plötzlich war sie von Qualm und Hitze umgeben. Sie betätigte Kontrollen, die nicht mehr richtig reagierten, während sich der Shuttle immer heftiger schüttelte.

»Stabilisieren, stabilisieren«, murmelte Janeway, aber nichts funktioniert. Die Fluglage des Shuttles blieb instabil.

»Hier ist die *Rhode Island*. Wenn Sie Ihre feindlichen Aktionen nicht sofort einstellen, eröffnen wir das Feuer.«

»Harry! Sie sind sogar ein wenig zu früh dran. Ausgezeichnet.« Wieder huschten Janeways Hände über die Kontrollen. Sie erhöhte die Geschwindigkeit des Shuttles, um nicht im Weg zu sein, als das große Starfleet-Schiff heranglitt.

Es knackte und knirschte in der Außenhülle des Shuttles. Janeway glaubte zu hören, wie Luft zischend ins All entwich. Überlastete Bordsysteme summten lauter als sonst und blinkende Displays wiesen auf einen drohenden Ausfall der strukturellen Integrität hin – es bestand die Gefahr, dass das kleine Raumschiff auseinander platzte.

Während Janeway versuchte, den Shuttle einigermaßen unter Kontrolle bringen, sah sie aus den Augenwinkeln, wie die *Rhode Island* die klingonischen Raumer angriff. Die beiden Schiffe begannen mit Ausweichmanövern, machten aber keine Anstalten, diesen Raumbereich zu verlassen.

»Halten Sie sich für den Transfer bereit, Admiral«, drang Kims Stimme aus dem Lautsprecher.

Janeway sah auf den Kom-Schirm, der einmal mehr Kims Gesicht zeigte.

»Sie wissen, wohin ich unterwegs bin, Harry – Ihr Schiff ist nicht mein Ziel.«

»Ihre strukturelle Integrität steht kurz vor einem Kollaps.«

»Halten Sie mir nur die Klingonen vom Hals.«

Die *Rhode Island* drehte ab, entfernte sich aus der Transporterreichweite, feuerte auf ein klingonisches Schiff und beschädigte es. Der getroffene Raumer zog einen Schweif aus Plasma und entweichendem Gas hinter sich her, als er das Kampfgebiet zu verlassen versuchte. Kim nahm sich den zweiten Klingonen vor, während Janeway danach trachtete, den Shuttle zusammenzuhalten und gleichzeitig genug Energie für den temporalen Deflektor zu finden. Sie konnte es sich jetzt leisten, Korath und seine Helfer zu vergessen, ganz auf ihre Absicht konzentriert zu sein.

»Computer, aktiviere den Tachyonenstrahl und richte ihn auf folgende räumliche und temporale Koordinaten.«

Temporale Koordinaten – gefährliche Worte.

Der Raum vor dem Shuttle dehnte sich und verschwamm. Ein Strahl ging vom Deflektor aus und schuf einen Schnitt im All, eine Wunde im Leib des Universums.

Janeway zwang den beschädigten Shuttle auf einen neuen Kurs, hielt genau auf den Riss zu und beschleunigte mit Impulskraft, bis nicht einmal die Bremsdüsen in der Lage gewesen wären, die Flugbahn des kleinen Raumschiffs zu verändern.

Noch immer ging ein Strahl von dem temporalen Deflektor aus und verschwand in einem Riss, der noch schwärzer war als das schwarze All. Ein finsterer Schlund entstand und verschlang den Shuttle.

8

Raumschiff Voyager
Der Delta-Quadrant
Sechsundzwanzig Jahre vorher

Manchmal träumte Paris davon, das Schiff zu fliegen. Er konnte sich kaum vorstellen, dass jemand anders in der Lage war, so mit der *Voyager* umzugehen, wie es ihr gefiel: an den Wogen des Sonnenwinds emporsausen und auf der anderen Seite hinabgleiten ... die spektralen Veränderungen erkennen und raue Stellen meiden ... Viele Leute verbanden damit Vorstellungen, die kaum etwas mit der Wirklichkeit zu tun hatten. Trotzdem wünschte sich Paris ein Ruderjoch oder ein Steuerrad, um die Bewegungen des Schiffes direkt mit den Händen zu spüren, so wie bei den holographischen Simulationen von Flugzeugen und Motorrädern. Warum gab es an Bord von Raumschiffen keinen Steuerknüppel?

»Tom.«

Natürlich kannte niemand sonst den Rutsch-Trick. Er hatte ihn selbst erfunden und mit niemandem darüber gesprochen. Nun, das mochte ein wenig egoistisch und vielleicht auch überheblich sein, aber das machte weiter nichts. Jeder hatte den einen oder anderen Kniff, um sich die Arbeit zu erleichtern und sie besser aussehen zu lassen als die anderer Leute. Dort – die Sonneneruptionen eines blauen Riesen. Es gab keine besseren.

»Tom.«

»Ich schlafe.«

»Es ist soweit.«

»Hmm? Was ist soweit?«

»Rate mal.«

War das Licht an? Warum hatte B'Elanna während ihrer Ruhephase das Licht eingeschaltet?

Tom Paris öffnete die Augen, als sein Selbst aus dem Navigationstraum kroch und ganz plötzlich auf Touren kam. Er fiel fast aus dem Bett.

Neben ihm richtete sich B'Elanna Torres so gut wie möglich auf. Mit großen, ernsten Augen blickte sie auf ihren einst so grazilen Körper hinab – derzeit erweckte sie den Anschein, einen Kürbis verschluckt zu haben.

Paris' Rückenmuskeln protestierten mit einem sehr schmerzhaften Stechen, als er in die Höhe schnellte. Die rechte Hand tastete über seine Brust und suchte nach dem Insignienkommunikator. »Paris an … Paris an …«

Wo befand sich das Kom-Gerät? Auf dem Nachtschränkchen!

»Paris an Krankenstation! Es ist soweit!«

Die auf geradezu ärgerliche Weise freudlose Stimme des Doktors erklang aus dem Lautsprecher. »Bleiben Sie ruhig, Mr. Paris. Kann sie stehen?«

»Äh … ich … äh …« Er fand seine Füße, drehte sich um und wollte B'Elanna fragen. Aber sie stand bereits und streifte den extra großen Morgenmantel über.

»Bestätigung«, sagte Paris.

»Dann schlage ich vor, dass Sie in die Krankenstation kommen.«

»Was ist mit B'Elanna?«

»Sie ebenfalls.«

B'Elanna ging bereits zur Tür, als Paris nach seinem eigenen Morgenmantel griff. »Vielleicht sollten wir uns beamen. He, warte auf mich!«

B'Elanna ging mit kleinen, schlurfenden Schritten, aber so schnell, dass sich Paris beeilen musste, um zu ihr aufzuschließen.

»Glaubst du nicht, wir sollten …«

»Ich kann gehen. Ich bin schwanger und kein Krüppel.«

Sie klang verärgert. War es normal, dass sie verärgert klang? Und über wen ärgerte sie sich?

Oh, oh.

»Kann ich … Gibt es irgendetwas, das ich …«

»Nein, Tom, du hast mir bereits alles angetan. Entschuldige, ich wollte sagen: Du hast schon alles für mich getan.«

»Oh, komm schon.« Er wagte es, nach ihrem Ellenbogen zu greifen. »Du wolltest es doch, oder? Jetzt ist es zu spät, deine Meinung zu ändern.«

»Ich habe meine Meinung nicht geändert. Ich will nur nicht mehr schwanger sein. Ich kann nicht essen, nicht atmen, nicht gehen und nicht kämpfen. Meine Güte, ich komme mir wie ein verdammter Trill vor. Und fass mich nicht an.«

Für jemanden, der nicht atmen konnte, reihte sie erstaunlich viele Worte aneinander. Es fiel Paris schwer, sie nicht anzurühren. Alles in ihm drängte danach, sie zu führen, ihr *irgendwie* zu helfen. Doch sie trat ohne ein weiteres Wort in den Turbolift.

Zwei Decks erschienen Tom wie zwanzig. Anschließend der lange Korridor zur Krankenstation. Paris hatte das Gefühl, eine endlose Tundra zu überqueren.

Der holographische Arzt zeigte frechen Stoizismus, als Paris und B'Elanna die Krankenstation erreichten. »Hier, bitte«, sagte er und deutete auf die von ihm bevorzugte Diagnoseliege. »Nun, Miss Torres, Sie glauben also, dass die Lieferung Ihres kleinen Pakets unmittelbar bevorsteht?«

»Ich bin bereit«, erwiderte B'Elanna und schnaufte leise. »Eigentlich bin ich sogar überfällig. Ich …«

»Bitte sprechen Sie nicht.«

B'Elanna streckte sich auf der Liege aus und der Doktor untersuchte sie mit einem medizinischen Sensor.

»Nun?«, drängte Paris. »Die Geburt steht unmittelbar bevor, nicht wahr? Können Sie die Sache beschleunigen?«

Der Doktor schenkte ihm keine Beachtung und nahm eine zweite Sondierung vor. Schließlich deaktivierte er den Sensor und sagte lakonisch: »Sie werden ein gesundes Baby bekommen. Aber nicht heute Nacht.«

»Soll das ein Witz sein?«, brummte B'Elanna.

»Sie haben Scheinwehen, Lieutenant.«

»Schon wieder?«, entfuhr es Paris.

»Ich habe es Ihnen beim letzten Mal erklärt: Gerade bei Klingonen geschieht so etwas recht häufig ...«

B'Elanna ballte die Fäuste und schlug sich damit an die Seiten. »Ich will das Ding endlich aus mir heraus haben!«

»Fehlgeleiteter Zorn«, diagnostizierte der Doktor. »Ebenfalls nicht unüblich bei Klingonen.«

Paris wirkte fassungslos, als er sich kurz das Gesicht rieb. »Können Sie die Wehen nicht stimulieren?«

»Davon rate ich ab.«

»Wenn so etwas noch öfter geschieht, bekommen wir überhaupt keinen Schlaf mehr.«

»Halten Sie Ihre derzeitige Situation für schlimm?«

Paris wechselte einen nachdenklichen Blick mit seiner Frau, die ebenso kummervoll wie zornig wirkte. Nun, in diesem besonderen Fall konnte sie so zornig sein, wie sie wollte – das kleine Geschöpf in ihr scherte sich nicht darum. Es war ganz allein Herr der Situation.

Captain Janeway begrüßte die Ablenkung, als Chakotay in ihren Bereitschaftsraum kam und sie davor bewahrte, einen eher langweiligen technischen Bericht zu prüfen. Wenn sie sich mit solchen Dingen beschäftigte – die nötig waren, um die volle Einsatzbereitschaft des Schiffes zu gewährleisten –, erinnerte sie sich immer daran, dass den langweiligen Zeiten im All häufig haarsträubende Abenteuer gegenüberstanden. Wie seltsam, dass man sich immer nach dem jeweils anderen sehnte.

»Es ist schon wieder passiert«, sagte Chakotay geradeheraus. Seine sanft blickenden Augen schienen das Licht der Sterne einzufangen, die jenseits des großen Panoramafensters vorbeistrichen.

Janeway streckte sich und lächelte. »Das Baby führt uns an der Nase herum. Wann geschah es?«

»Um vier Uhr Bordzeit.«

Die Kommandantin verzog das Gesicht, als sie voller Anteilnahme an Paris und B'Elanna dachte. Eine weitere ruinierte Nacht. »Wie viele falsche Alarme sind es inzwischen?«

»Drei. Von denen wir wissen.«

»Das Baby ist so stur wie seine Mutter.«

Chakotay lächelte. »Harry nimmt Wetten über den genauen Zeitpunkt der Geburt entgegen.«

»Richten Sie ihm aus, er soll mich für Freitag dreiundzwanzig Uhr Bordzeit notieren. Sonst noch etwas?«

Chakotay zuckte kurz mit den Schultern und wirkte ebenso gelangweilt wie Janeway. Derzeit führte er das Kommando und normalerweise störte er sie bei solchen Gelegenheiten nur aus zwei Gründen: wenn dem Schiff akute Gefahr drohte oder wenn er an akuter Langeweile litt.

»Besatzungsmitglied Chell möchte einen Fulltime-Job in der Offiziersmesse.«

Das war wirklich das Letzte. An Bord normaler Schiffe, so erinnerte sich Janeway, erfuhren Captain und Erster Offizier meistens nie, wer sich um die Offiziersmesse kümmerte. Viel wichtigere Dinge erforderten ihre Aufmerksamkeit; sie konnten keine Zeit an so unwichtige Details vergeuden. Solche Dinge kamen Kommando-Offizieren höchstens in Form von Klatsch zu Ohren und stellten nie ein Problem für sie dar.

Zugegeben, der Schiffskoch konnte insbesondere in

kritischen Situationen einen wichtigen Beitrag für die Moral der Crew leisten. Trotzdem hätte es für Janeway eigentlich nicht notwendig sein sollen, mit ihrem Ersten Offizier über so etwas zu reden.

Sie beschloss dennoch, darauf einzugehen. »Ich schätze, Neelix hat noch den einen oder anderen Topf, den es zu füllen gilt. Glaubt Mr. Chell, solchen Herausforderungen gewachsen zu sein?«

»Offenbar ja«, erwiderte Chakotay und reichte der Kommandantin einen Handcomputer. »Er hat eine einfache Speisekarte vorbereitet.«

Janeway blickte aufs Display und rümpfte die Nase. »Plasmaleck-Suppe? Hühnchen Warpkern-don-bleu?«

»Wenn seine Kochkünste ebenso schlecht sind wie seine Wortspiele, so sind wir in Schwierigkeiten.«

»Oh, ich weiß nicht. Den Alarmstufe-Rot-Chili würde ich gern probieren ... Was halten Sie von einer gemeinsamen Mahlzeit?«

»Eine ganze Menge. Aber leider habe ich schon etwas vor. Verschieben wir es auf ein anderes Mal?«

»Meinetwegen.«

Chakotay drehte sich um und ging zur Tür, die vor ihm aufglitt. Doch dann blieb der Erste Offizier stehen und sah zurück.

Janeway spürte seinen Blick, obgleich sie sich wieder auf die Arbeit konzentriert hatte. Sie hob den Kopf, als sie nicht hörte, dass sich die Tür schloss. »Stimmt was nicht?«

»Genau das wollte ich Sie fragen. Stimmt was nicht?«

»Entwickeln Sie übernatürliche Fähigkeiten, Chakotay?«

Er kehrte zurück und presste einen Finger auf die schwarze Schreibtischoberfläche. »Sie sind noch nervöser als Tom. Obgleich nicht Sie das Kind zur Welt bringen müssen. Es ist das Problem von Tom und B'Elanna.«

»Tatsächlich?« Janeway atmete tief durch. »Ich hatte gehofft, meine Bedenken gut genug versteckt zu haben.«

»Kathryn, Sie können nicht verhindern, dass sich Familien bilden. Dadurch fühlen sich die Leute weniger gefangen.«

Janeway strich sich durchs Haar und zeigte dabei eine sonderbare Mischung aus Ärger und Sorge. »Vor langer Zeit habe ich die Entscheidung getroffen, dass es an Bord der *Voyager* keine Kinder geben würde, erinnern Sie sich?«

»Ja, ich erinnere mich. Die Entscheidung fiel Ihnen sehr schwer. Und wenn ich mich recht entsinne, kam nur wenige Monate später Naomi zur Welt.«

Janeway nickte und lächelte schief. »Ja. Es war eine jener brillanten Kommando-Entscheidungen, die ich nach sechs Sekunden zurücknehmen musste.«

»Die einzige andere Möglichkeit besteht darin, einen Planeten zu finden, dort zu landen und eine Kolonie zu gründen. Eine solche Idee ist nicht neu.«

Janeways Sessel knarrte leise, als sie ihn drehte und ein Bein über das andere schlug. Sie blickte dorthin, wo das Panoramafenster in die Wand überging, schien jener Stelle großes Interesse entgegenzubringen. »Ich habe immer wieder darüber nachgedacht. Die *Voyager* ist ein Starfleet-Schiff auf einer Mission. Sie gehört nicht uns, sondern den Völkern der Föderation. Sie haben dieses Schiff gebaut, es ausgerüstet, uns ausgebildet und ins All geschickt. Es ist unsere Pflicht, die *Voyager* und ihr Potenzial zurückzubringen.«

Die Kommandantin legte eine kurze Pause ein.

»Unsere Priorität besteht darin, mit diesem Schiff, der Crew und unserem Wissen über die Borg zur Föderation zurückzukehren, sodass ein Plan gegen sie entwickelt werden kann. Das ist unsere Mission. Unsere *einzige* Mission.« Janeway stand auf und streckte die

Beine. Wie lange hatte sie gesessen? »Wenn wir das vergessen, sind wir nur Passagiere auf einer Reise, dessen Ende wir nicht bestimmen können.«

»Niemand vergisst das«, sagte Chakotay. »Kein Starfleet-Captain vor Ihnen hat jemals das Kommando über ein Schiff führen müssen, das sich in einer derartigen Situation befand. Unter solchen Umständen lassen sich nicht die üblichen Regeln anwenden.«

»Sieben Jahre, Chakotay …«, murmelte Janeway. »Zwei Jahre mehr als die langen Forschungsmissionen, und bei denen bekommt die Crew gelegentlich Urlaub. In unserem Fall war überhaupt kein langer Einsatz geplant. Die Besatzung rechnete damit, spätestens nach einigen Monaten heimzukehren. Paris kannte B'Elanna nicht einmal. Tuvok hat eine Frau und fünf Kinder. Fünf! Sie und ich standen an sich gegenseitig bekämpfenden Fronten … Mein Setter hatte gerade Junge bekommen …«

»Ich glaube, die besondere Situation rechtfertigt gewisse Improvisationen«, meinte Chakotay. »Sie beklagen die Tatsache, dass wir seit sieben Jahren verschollen sind. Vielleicht sollten Sie eher daran denken, dass wir sieben Jahre lang überlebt haben, obwohl wir nicht annähernd so lange unterwegs sein sollten. Die meisten Schiffe werden vor einer vergleichbaren Reise über Monate hinweg ausgerüstet. Wir haben es sogar geschafft, uns einigermaßen gemütlich einzurichten.«

»Zu gemütlich«, erwiderte Janeway. »Naomi ist eine Sache. Aber eine ganze zweite Generation, die an Bord der *Voyager* heranwächst … Dadurch wird einem deutlich vor Augen geführt, wie viel Zeit verstreicht. Tom und B'Elanna werden sich bald um ein Kind kümmern müssen. Aber ich bin für die ganze Crew verantwortlich.

Was geschieht, wenn ich Tom oder B'Elanna befehle, ihr Leben aufs Spiel zu setzen? Ein Captain muss dazu bereit sein. Ich weiß nicht, wie die Kommandanten der großen Galaxy-Schiffe damit zurechtkommen. Bin ich fähig, den besten Offizier mit einer gefährlichen Aufgabe zu betrauen? Oder wähle ich unbewusst jemanden, der nicht verheiratet ist und keine Kinder hat? Es wäre den anderen gegenüber nicht fair, wenn bestimmte Personen Risiken von sich fern halten können …«

»Sie machen sich zu große Sorgen«, sagte Chakotay.

Janeway verschränkte die Arme. »Nein, ich glaube nicht. Tom und B'Elanna, die anderen zukünftigen Eltern und ihre Kinder … Ich hoffe, sie können mir verzeihen, wenn ich sie in Gefahr bringen muss.«

»Frachtraum«, wies Chakotay den Computer des Turbolifts an.

Sein Dienst ging schneller zu Ende als erwartet. Janeway hatte ihn auf der Brücke abgelöst, noch bevor er wirklich bereit war, den Kontrollraum zu verlassen. Irgendein Aspekt des letzten Gesprächs mit der Kommandantin beunruhigte den Ersten Offizier und weckte den Wunsch in ihm, noch etwas länger auf der Brücke zu bleiben.

Um ihn herum summte die Transferkapsel und gab sich damit zufrieden, ihn zum Frachtraum zu bringen. Sie wusste genau, wohin sie unterwegs war.

Chakotay verdrängte die Unruhe aus sich – immerhin saß Janeway jetzt wieder in ihrem Kommandosessel und derzeit gab es keine Notfälle irgendeiner Art. Er dachte an die zahlreichen Personen, die in der Geschichte der Erde und anderer Welten an Bord von Schiffen gelebt hatten. Im Grunde genommen musste er Janeway Recht geben: Ein solches Leben eignete sich nicht für Familien. Oft blieb man lange von der Familie getrennt, normalerweise über Monate hinweg, nicht über Jahre. Selbst die längsten Walfangfahrten auf der Erde, vor Hunderten von Jahren, hatten zwei Jahre gedauert. Und die Crew an Bord hatte geglaubt zu wissen, worauf sie sich einließ.

Es gab also allen Grund für Janeway, sich Sorge zu machen. Selbst wenn sie gewisse Dinge zu ignorieren versuchte – sie blieben präsent und veränderten die Realität an Bord.

Aber was ließ sich in dieser Hinsicht unternehmen? Sollte sie den Besatzungsmitgliedern verbieten, Beziehungen einzugehen? Durften sie erst dann wieder ein Privatleben führen, wenn sie zur Föderation zurückgekehrt waren? Die *Voyager* stellte eine Art Insel dar – eine kleine Gemeinschaft lebte an Bord einer im Meer des Alls schwimmenden Festung.

Chakotay war froh, dass er Captain Janeway nicht darauf hingewiesen hatte, mit wem er zu speisen gedachte.

Der Frachtraum gehörte zu den wenigen Orten an Bord der *Voyager*, wo es viel Platz gab und man trotzdem völlig ungestört sein konnte. Hier herrschte immer makellose Sauberkeit, denn selbst ein wenig Schmutz konnte Funktionsstörungen bei den Bordsystemen des Schiffes verursachen und dadurch zu erheblichen Problemen führen. Es roch nach Reinigungsflüssigkeiten und … gebratenem Fleisch?

Das Licht war gedämpft und ein Fenster in der Decke gewährte Ausblick auf die Sterne – als hätten die Besatzungsmitglieder der *Voyager* nicht schon genug Sterne gesehen.

In der Mitte des Frachtraums kniete Seven of Nine auf dem Boden und breitete eine karierte Decke aus.

Ob sie saß oder stand: Es konnte kein Zweifel daran bestehen, dass Seven eine überaus attraktive Frau war. Sie trug einen einteiligen Anzug, der sich wie eine zweite Haut an ihren Leib schmiegte und die großzügigen Kurven deutlich zur Geltung brachte. Als sie die Picknickdecke auf dem Boden ausbreitete, zeichneten sich ihre Bewegungen durch eine geradezu atemberaubende erotische Ausstrahlungskraft aus. Chakotay verharrte in der Tür und bewunderte die bildhauerischen Fähigkeiten der Natur.

Nach einigen Sekunden zwang er sich, den Raum zu betreten. Wenn Seven bemerkte, dass er sie beobachtete ... Sie verstand so etwas nicht. Diese Frau war nicht in einer üblichen Umgebung aufgewachsen und wusste bestimmte Blicke, die Männer ihr zuwarfen, einfach nicht zu deuten. Ihr fehlte der soziale Hintergrund, um Dinge wie individuelles Aussehen zu beurteilen, und deshalb hatte sie keine Ahnung, dass ihr Erscheinungsbild alles andere als durchschnittlich war.

»Was hat das zu bedeuten?«, fragte Chakotay.

Seven sah kurz zu ihm auf und öffnete dann einen Kunststoffbehälter mit Nahrungsmitteln. »Dies ist ein Picknick. Bei meinen Nachforschungen hat sich ergeben, dass sich so etwas für die dritte Verabredung eignet.«

»Sie hätten sich nicht solche Mühe machen müssen ...«

»Ich könnte ein weniger elaboriertes Essen vorbereiten, wenn es Ihnen lieber ist.«

»Nein – verändern Sie nichts. Dies ist *perfekt*.«

Chakotay nahm im Schneidersitz auf der Decke Platz. Das matte Licht strich über Sevens blondes Haar, an einigen Stellen schien es zu glühen. Ihre großen Augen waren wie Kaktusblumen auf einer Düne, wirkten ernst und geheimnisvoll. Einige wenige Borg-Implantate säumten sie.

Manche Leute hätten es vermutlich für seltsam gehalten, dass Chakotay sich auf eine Beziehung einlassen wollte, noch dazu mit dieser Frau. Janeway mochte der Ansicht sein, dass es in dieser Hinsicht besser war, einen gewissen Abstand zu wahren und vor allem an die Pflicht zu denken, aber Chakotay hatte entschieden, dass er sich nicht mehr damit zufrieden geben wollte. Er schickte sich an, mehr als nur Freundschaft zu suchen, und damit befand er sich in guter Gesellschaft. Die Besatzungsmitglieder der *Voyager* beschränkten sich längst nicht mehr darauf, nur zusammenzuarbeiten. Inzwischen hatten sich viele Paare gebildet.

Chakotay glaubte, in Seven etwas zu erkennen, trotz ihrer monotonen Ausdrucksweise und einer eher mechanischen Herangehensweise an die Routinen des täglichen Lebens – Überbleibsel ihrer Existenz als Borg-Drohne. Sie war nicht die einzige Drohne, die man aus dem Kollektiv befreit hatte, aber Chakotay spürte, dass Seven nie vollständig assimiliert gewesen war. Irgendwie hatte ihr menschlicher Geist in einer kalten Welt überlebt und sich einen Teil der Individualität bewahrt. Vermutlich war sie sich der eigenen inneren Kraft gar nicht bewusst: Trotz der langen Assimilierung hatte das menschliche Ich sich nicht etwa aufgelöst, sondern in einem dunklen Winkel ausgeharrt und darauf gewartet, sich wieder entfalten zu können. Chakotay bezweifelte, ob er imstande gewesen wäre, so lange durchzuhalten.

Das Picknick *war* perfekt. Bei ihren »Nachforschungen« hatte Seven festgestellt, welche Komponenten zu einem typischen, traditionellen Picknick gehörten. Es gab sogar Sodawasser in replizierten Flaschen und Fleischscheiben in Sandwichgröße. Dünne, knusprige Kartoffelchips bildeten den krönenden Abschluss.

»Woher haben Sie die Nahrungsmittel? Chell herrscht mit eiserner Hand in der Messe, obgleich er manchmal mit ironischen Bemerkungen darüber hinwegzutäuschen versucht. Ich fürchte, er wird nie ein so guter Moraloffizier wie Neelix.«

»Er hat mit Neelix via Fernbereichkommunikation gesprochen. Ihm gefällt die Idee, ein ›Ehestifter‹ zu sein.«

Chakotay musterte Seven. »Sie wissen nicht, was das bedeutet, oder?«

»Richtig«, antwortete sie und beließ es dabei.

»Haben Sie mit Neelix geredet?«

»An jedem dritten Tag stellen wir eine Kom-Verbindung her und spielen Kadis-Kot. Dabei bleibt es, bis die *Voyager* außer Reichweite gerät.«

Chakotay senkte traurig den Kopf. »So problematisch jener Tag auch sein wird – wir alle hoffen, dass er bald kommt. Manchmal glaube ich, dass wir eigentlich gar nicht wissen, was wir wollen. Wenn Captain Janeway nicht fähig wäre, die ganze Zeit über an einer Vision und ihrer Entschlossenheit festzuhalten … Ich schätze, dann wären wir längst verstreut und in mindestens sechzig verschiedene Richtungen aufgebrochen, um nach irgendeiner Art von Erfüllung zu suchen. Stattdessen haben wir Picknicke, Spiele, Essen … und Babys von Schiffskameraden. Das finde ich ganz und gar nicht schlecht.«

Seven versuchte zu verstehen, aber Chakotay wusste, dass seine Worte ohne echte Bedeutung für sie blieben. Sie kannte nur zwei Arten von Leben: das Borg-Kollektiv und die *Voyager*.

»In diesem Licht sind Sie sehr hübsch«, sagte Chakotay.

»Danke«, erwiderte Seven und reichte ihm einen Plastikteller. »Auch Sie sind sehr hübsch.«

»Oh … danke. Meine Mutter hat das ebenfalls von mir gesagt.«

»Das war mir nicht klar.« Seven ordnete die einzelnen Speisen in einem Muster aus rechten Winkeln an, nahm dann neben Chakotay Platz und saß kerzengerade.

»Was war Ihnen nicht klar?«, fragte er.

»Meine Ähnlichkeit mit Ihrer Mutter. Ich nehme Ihren Hinweis als Kompliment. Die meisten Personen begegnen ihrer Mutter mit einer positiven Einstellung.«

»Kommt ganz auf die Mutter an«, sagte Chakotay. »Ich mochte meine.« Er griff nach einer Flasche und hoffte, dass sie nicht nur gefärbtes Wasser enthielt.

»Eigentlich erinnern Sie mich gar nicht an meine Mutter. Sie haben nur dafür gesorgt, dass ich kurz an sie dachte.«

Seven hob den Kopf. »Wo ist da der Unterschied?«

Chakotay trank einen Schluck. Kalt, aber keine Kohlensäure. Nur halb richtig. »Ich weiß nicht … Sie unterscheiden sich in vielerlei Hinsicht von ihr. Nun, Sie sind sogar völlig anders. Aber meine Mutter begegnete den Dingen um sie herum mit Neugier. Die Neugier haben Sie mit ihr gemein. Außerdem war meine Mutter eine starke Person und das gilt auch für Sie.«

Seven hob die Hand und ballte sie zur Faust.

Chakotay lächelte. »Ich meine nicht diese Art von Stärke.«

»Gibt es eine andere? Meinen Sie vielleicht einen starken Geruch?«

Der Erste Offizier lachte. »Wissen Sie, Seven, Sie sind viel lustiger, als die meisten Leute glauben.«

Sie richtete einen verwunderten Blick auf ihn. »Es lag nicht in meiner Absicht zu scherzen.«

Chakotay nickte und stützte sich auf den Ellenbogen. »Das ist die beste Art von Humor, Seven. Bitte geben Sie mir ein Sandwich.«

Commander Tuvok saß am *Kal-Toh*-Tisch der Offiziersmesse und auf der anderen Seite hatte Icheb Platz genommen. Tuvok gewöhnte sich an die Präsenz befreiter Borg an Bord des Schiffes, und zwar eher, als er es erwartet hatte. Icheb war am Zug.

Die Positionen der glitzernden kleinen Stäbe auf dem Tisch wiesen darauf hin, dass das Spiel schon seit einer Stunde dauerte. Die Struktur wirkte chaotisch, aber es verbarg sich eine komplexe Ordnung in ihr. Tuvok konzentrierte sein vulkanisches geistiges Potenzial darauf, berechnete die speziellen Belastungspunkte und schuf im Geiste ein multidimensionales Abbild der Formation, fügte ihm versuchsweise weitere Stäbe hinzu und prüfte ihre Auswirkungen.

Icheb schien gar nicht imstande zu sein, solche Berechnungen vorzunehmen. Er zögerte, mit einem Stab in der Hand, setzte dann zu seinem Zug an.

Jemand hustete und lenkte Icheb ab. Kim stand wenige Schritte entfernt und heuchelte Desinteresse. Icheb ließ sich beeinflussen, änderte seine Strategie und brachte den Stab in eine neue Position.

Tuvok bedachte Kim mit einem missbilligenden Blick, bevor er sich an Icheb wandte. »Um des Fairplays willen möchte ich darauf hinweisen, dass mich Mr. Kim noch nie beim *Kal-Toh* geschlagen hat.«

Icheb zögerte erneut, dachte über die neue Information nach und beschloss einmal mehr, seine Strategie zu ändern. Er brachte den Stab zur ursprünglichen Position zurück und fügte ihn dort der Formation hinzu.

Kim seufzte. »Sie hätten auf mich hören sollen.«

Icheb schwieg, doch seine Miene zeigte deutlichen Zweifel. Erstaunlich, dass sich ein früherer Borg, der Teil einer geordneten Struktur gewesen war, so leicht verunsichern ließ. Eine einfache Drohne verfügte natürlich nur über ein begrenztes, zweckbestimmtes Programm und sollte keine unabhängigen Aktivitäten entwickeln. Für Icheb stellte selbst ein schlichtes Spiel eine enorme Herausforderung dar, mit der er kaum fertig werden konnte.

Harry Kims Fuß stieß gegen ein Bein des Stuhls, auf dem Tuvok saß. Der Vulkanier blinzelte, analysierte die veränderte Formation, traf eine Entscheidung und fügte seinen Stab dem oberen Bereich hinzu. Die Struktur erschimmerte und veränderte sich, passte sich damit der neuen Komponente an.

»Beim *Kal-Toh* kommt es auf Geduld und Logik an«, erklärte Tuvok. »Ein erfahrener Spieler denkt manchmal stundenlang über seinen nächsten Zug nach. Gelegentlich sind sogar Tage für eine gründliche Analyse erforderlich …«

Icheb hörte gar nicht hin und fügte der Struktur einen weiteren Stab hinzu. Nach nur wenigen Sekunden!

Die Struktur erschimmerte erneut, aber stärker als vorher, und plötzlich gewann sie eine perfekte symmetrische Form.

»*Kal-Toh!*«, verkündete Icheb seinen Sieg.

Kim konnte es kaum fassen. »Sie haben ihn geschlagen!«

Unmöglich!

Tuvok kontrollierte seine Reaktion auf eine Weise, von der er hoffte, dass seine Ahnen stolz darauf sein konnten. Doch der Schock erschütterte ihn zutiefst und sorgte dafür, dass er kurz den Atem anhielt.

»Herzlichen Glückwunsch«, brachte er hervor.

Icheb wand sich, als hätte er etwas falsch gemacht. »Bestimmt war es reines Anfängerglück, Sir. Ich würde Ihnen gern Revanche anbieten, aber man erwartet mich in der astronomischen Abteilung …«

»Vielleicht ein anderes Mal.«

Icheb ging rasch fort und schien es sehr eilig damit zu haben, die Offiziersmesse zu verlassen. Kim zögerte nicht und nahm seinen Platz ein.

»Ihn ruft die Pflicht«, sagte er. »Aber ich habe dienstfrei und außerdem das Gefühl, dass heute mein Glückstag ist!« Er rieb sich die Hände und betrachtete die funkelnde Struktur.

Tuvok zwang sich, wieder normal zu atmen. Die Formation auf dem Tisch war das Ergebnis eines Zufalls. Es gab keine andere Erklärung …

Selbsttäuschung.

Er stand ruckartig auf. »Bitte entschuldigen Sie mich, Fähnrich.«

»Es ist doch nur ein Spiel, Tuvok!«, rief ihm Kim nach, als er zur Tür schritt.

Der Vulkanier ging geradewegs zur Krankenstation. Die Arme und Beine fühlten sich steif an und er spürte dumpfen Schmerz in den Gelenken. Anspannung konnte sich auf diese Weise auswirken.

»Tuvok?« Der Doktor empfing ihn an der Tür, so als hätte er ihn erwartet. »Haben Sie eine weitere Selbstdiagnose durchgeführt?«

»Doktor, Sie müssen mich eher untersuchen als ursprünglich geplant.«

»Dafür gibt es eigentlich keinen Grund ...«

»Ich habe beim *Kal-Toh* gegen Icheb verloren.«

»Oh. Bitte machen Sie es sich bequem. Ich kümmere mich sofort um Sie. Icheb ist ein sehr intelligenter junger Mann. Haben Sie die Möglichkeit berücksichtigt, dass er einfach ein besserer Spieler sein könnte?«

Der Doktor nahm einen medizinischen Tricorder von der Aufladestation und begann mit einer Sondierung, noch bevor sich der Vulkanier ganz auf der Diagnoseliege ausgestreckt hatte.

»Ich habe aufgrund mangelnder Konzentration verloren«, erwiderte Tuvok.

Der Tricorder summte an seinem Ohr – das Geräusch schien einige Dezibel lauter zu sein als sonst. Tuvok führte diesen Eindruck auf gesteigerte Sensitivität zurück. Die Lautstärke des Tricorders ließ sich nicht regeln. Das Problem lag also bei ihm selbst.

»Ich stelle ein geringeres Neuropeptid-Niveau fest«, sagte der Doktor schließlich.

Tuvok mied den Blick des holographischen Arztes. »Das habe ich vermutet. Mein Zustand verschlechtert sich.«

»Es ist eine geringfügige Veränderung«, erwiderte der Doktor. »Wir wussten, dass es dazu kommen würde. Es genügt, die Dosis der Medikamente zu erhöhen.«

Bei kritischen Problemen neigte der Doktor zu Untertreibungen. Das war Tuvok klar, aber er wusste auch den Versuch des Holo-Arztes zu schätzen, ihm Trost zu gewähren. An den Fakten bestand kein Zweifel. Der Doktor hatte nicht die Möglichkeit, die neurologische Krankheit eines Vulkaniers langfristig zu behandeln. Die Medo-Dateien der *Voyager* entsprachen dem höchsten Föderationsstandard, aber sie waren seit sieben Jahren nicht aktualisiert worden. Die Datenbanken konnten nicht mit neuen, von entsprechenden Fachleuten stammenden Informationen erweitert werden. Abgesehen von Daten, die im Delta-Quadranten über neue Lebensformen gesammelt wurden, befand sich die medizinische Abteilung der *Voyager* in einer Art Stasis. Wenn es um Vulkanier ging, war Tuvok die einzige Fallstudie. Der Doktor konnte Aufzeichnungen über den Verlauf der Krankheit anfertigen und auf diese Weise vielleicht zukünftigen erkrankten Vulkaniern helfen, aber an Tuvoks Situation änderte sich dadurch nichts.

Wann war der Punkt erreicht, an dem er keinen Nutzen mehr für das Schiff hatte? Konnte er die weiteren Veränderungen richtig einschätzen? War er imstande, Captain Janeway lange genug zu helfen, um die Zukunft der Crew konstruktiv zu beeinflussen?

Sollte er damit beginnen, jemand anders mit seinen Pflichten vertraut zu machen? Angesichts seiner besonderen vulkanischen Effizienz waren drei Personen nötig, um ihn zu ersetzen.

Er hatte nie ein Lehrer sein wollen …

Ein Injektor zischte an seinem Arm und weckte ihn aus diesen Grübeleien.

»Danke, Doktor«, sagte Tuvok. In wenigen Minuten, so wusste er, hatte er wieder einen klaren Kopf.

Er stand auf, straffte die Gestalt und ging in Richtung Tür.

»Commander …«

Tuvok blieb stehen und drehte sich zum holographischen Arzt um.

Besorgnis zeigte sich im Gesicht des Doktors. »Ich verstehe, dass Sie diese Sache für sich behalten wollen, aber vielleicht ist es jetzt an der Zeit, den Captain zu verständigen.«

»*Ich* werde mit Captain Janeway sprechen«, erwiderte Tuvok mit unnötigem Nachdruck. »Sobald sich die Krankheit negativ auf die Ausübung meiner Pflicht auswirkt.«

Er verließ die Krankenstation, bevor sein Gesicht etwas verriet.

War Furcht eine Emotion?

9

»Ihr Zug.«

»Grün, Feld zwölf-zehn.«

Die Geräte des astrometrischen Labors arbeiteten im automatischen Modus und scannten das Weltall. Seven of Nine lauschte dem Summen der Datenströme, ohne sich ganz darauf zu konzentrieren. Die Apparate waren auf ihre höchste Empfindlichkeitsstufe justiert und würden Seven sofort Bescheid geben, wenn sie etwas entdeckten.

Sie betrachtete das Kadis-Kot-Brett auf der Konsole. Das große Projektionsfeld zeigte ein überdimensionales Bild von Neelix' Gesicht und brachte damit ein Gefühl von Gemeinschaft ins antiseptische Laboratorium. Gemeinschaft war wichtig.

»Rot«, sagte Seven. »Feld drei-dreizehn.«

Sie veränderte die Position ihres Chips.

»Knifflig«, kommentierte Neelix.

Brachte dieses Wort Anerkennung in Hinsicht auf ihren Zug zum Ausdruck? Seven vermutete es.

»Wie geht es Brax?«, fragte sie, während der Talaxianer über seinen Zug nachdachte.

»Wundervoll«, erwiderte Neelix voller Enthusiasmus. »Danke der Nachfrage. Ich weiß, dass ich ihm den Vater nie ersetzen kann, aber …«

Seine Stimme verklang.

Seven entschied sich für eine ermutigende Bemerkung. »Zweifellos verehrt Sie der Junge.«

Neelix lächelte auf eine Weise, die Seven mit Zufriedenheit erfüllte. »Gelb, Feld eins-eins.« Als sie seinen Chip an die genannte Position setzte, fügte er hinzu: »Ich habe es noch niemandem gesagt, aber ich denke an die Möglichkeit, um Dexas Hand anzuhalten.«

»Es wäre sehr klug von ihr, Ihren Heiratsantrag anzunehmen«, sagte Seven. Sie kannte Neelix als eine offene, freundliche und aufopferungsbereite Person. Eine solche Ehe war sicher von Harmonie geprägt.

Neelix lächelte erneut. »Genug von meinem Liebesleben. Wie steht es mit Ihrem?«

Irgendein Aspekt dieser Frage sorgte dafür, dass sich Seven ihrer selbst auf eine sehr deutliche Weise bewusst wurde. Dieses Bewusstsein um die eigene Individualität zählte zu den interessanteren und beunruhigenderen Elementen ihres Lebens ohne das Kollektiv; gleichzeitig verband sich immer Aufregung damit.

»Ich habe kein ›Liebesleben‹«, sagte sie.

»Ach? Und was ist mit Ihrer Beziehung zu Commander Chakotay?«

»Sie sind dran.«

Warum übte sie bei diesem Thema solche Zurückhaltung? Nie zuvor hatte sie sich darum geschert, worüber sie und der Erste Offizier sprachen oder wer sie hörte. Neelix war sehr zuvorkommend gewesen und hatte sie bei diesem neuen Unterfangen unterstützt, bei dem Konzept von Romantik und einer besonderen Verbindung zwischen zwei Personen. Eine solche Gegenseitigkeit, begriff Seven, war sehr persönlicher Natur. Nun, hatte sie eine »Beziehung«?

»Nein, es ist Ihr Zug«, meinte Neelix. »Sagen Sie mir wenigstens, ob ihm das Picknick gefallen hat.«

Seven sah zum großen Projektionsfeld auf und beschloss, sich dem Talaxianer anzuvertrauen. »Es war eine angenehme Erfahrung für uns beide. Danke dafür, dass Sie es vorgeschlagen haben.«

»Gern geschehen.« Neelix wollte eine weitere Frage

stellen, kam aber nicht dazu, weil ein Gerät des astrometrischen Labors Alarm gab.

Seven wandte sich vom Spielbrett ab und trat an die piepsende Konsole heran.

»Was ist los?«, erkundigte sich Neelix. Sein Tonfall wies darauf hin, dass er gern an Bord der *Voyager* gewesen wäre, um an den aktuellen Ereignissen teilzunehmen.

»Die Fernbereichsensoren haben extrem starke Neutrino-Emissionen geortet«, sagte Seven und sah auf die Anzeigen. »Hinzu kommt ein intermittierender Gravitonstrom ... Entfernung etwa drei Lichtjahre.«

Sehr nahe. Warum kam es jetzt, da sich die *Voyager* in der Nähe befand, zu einer solchen Aktivität? Zuvor hatten die Sensoren nichts bemerkt.

»Ein Wurmloch?«, spekulierte Neelix.

»Ich bin mir nicht sicher. Zusätzliche Scans sind erforderlich.«

»Wir können unser Spiel morgen beenden.«

Seven ging bereits ganz in der Arbeit auf und nickte nur, ohne sich noch einmal zu dem Talaxianer umzudrehen.

Sie blieb auf die Displays konzentriert, nahm Feinjustierungen vor und richtete den Sensorfokus auf die Impulse. Die Anzeigen blieben seltsam. Einerseits deuteten die Daten tatsächlich auf ein Wurmloch hin, aber andererseits kam es immer wieder zu örtlichen Veränderungen.

Mehrmals sondierte Seven einen Nebel, dem sich das Schiff schnell näherte – er war weniger als ein Lichtjahr entfernt.

Ganz plötzlich ergaben die Daten ein klares Bild, und als das geschah, klopfte Sevens menschliches Herz schneller.

Die Brücke der *Voyager* war der Mittelpunkt ihres Universums. Kritische Informationen trafen hier zuerst ein.

Captain Janeway, Chakotay, Tom Paris und Tuvok hörten einen erstaunlichen Bericht von Seven und Harry Kim, betrachteten dabei eine grafische Darstellung des goldenen Nebels. Er erwies sich als ziemlich dicht; vermutlich wurde er von Gravitationskräften zusammengehalten, die einmal einen neuen Stern aus ihm formen würden.

Der Hauptschirm zeigte allein Gasmassen, die zu brodeln schienen, doch ein Monitor präsentierte zusätzliche Daten in Form eines analytischen Schemas.

Kathryn Janeways Aufmerksamkeit galt den Daten und dabei regte sich ein flaues Gefühl in ihrer Magengrube. Der Anblick weckte nicht etwa Übelkeit in ihr, sondern schuf Aufregung. Das Zentrum des Nebels war wie das Auge eines Sturms: ein leerer Bereich ohne Gas oder andere Materie. Und in dieser Leere blinkten Hunderte von Punkten.

Seven of Nine stand neben dem Datenmonitor und berichtete, was sie bisher wussten.

»Die Emissionen kommen aus der Mitte des Nebels«, sagte sie. »Es scheint Hunderte von einzelnen Quellen zu geben.«

Kim wippte fast auf den Zehen. »Es könnten Hunderte von Wurmlöchern sein!«

Die Aufregung breitete sich aus, aber Seven ließ sich nicht von ihr anstecken. Sie blieb auf die Daten konzentriert. »Die Strahlung beeinträchtigt unsere Sensoren, aber wenn Fähnrich Kim mit seiner enthusiastischen Einschätzung der Situation Recht hat, könnte es die größte Ansammlung von Wurmlöchern sein, die jemals entdeckt wurde.«

»Und wohin führen sie?« Mit dieser Frage sprach Janeway genau das aus, was sie alle beschäftigte.

»Das wissen wir noch nicht«, erwiderte Kim. »Aber wenn auch nur *eins* zum Alpha-Quadranten reicht …«

Kim war so aufgeregt, dass er den Satz nicht einmal beenden konnte.

Tom Paris sah ihn an und lächelte. »Wer weiß, Harry? Vielleicht bringt uns eins der Wurmlöcher direkt ins Wohnzimmer Ihrer Eltern.«

Janeway blickte sich um und musterte die Brückenoffiziere – einige von ihnen erweckten sogar den Eindruck, den Atem anzuhalten. Vielleicht stellten sie sich vor, wie ihr Captain das richtige Wurmloch wählte und sie endlich nach Hause brachte, wo sie von ihren Familien in Empfang genommen wurden.

Nach Hause ...

Aber Janeway war keine Reiseleiterin. Ihre Aufgabe bestand darin, die Hoffnungen der Crew aufrecht zu erhalten und gleichzeitig ihr Leben zu schützen. Sie wandte sich wieder dem Hauptschirm zu und beobachtete den Nebel, der wie ein Geschwür im All wirkte. Gewaltige Entladungen flackerten darin, so groß wie Planeten.

»Ändern Sie den Kurs, Mr. Paris«, sagte sie und sprach betont ruhig. »Fähnrich Kim, wenn Sie mit Ihrer Mutter reden – teilen Sie ihr mit, dass es vielleicht notwendig wird, das Sofa beiseite zu schieben. An alle: Nehmen Sie Ihre Plätze ein. Seven, richten Sie den Sensorfokus vor allem auf den Neutrinofluss.«

»Ja, Captain.«

Janeway sah sich erneut um und stellte zufrieden fest, dass ihre Anweisungen plötzliche Aktivität bewirkt hatten. Chakotay stand neben ihr und sein Blick wanderte über die einzelnen Displays. Tuvok und Kim gingen zu ihren Stationen. Seven hatte die Brücke verlassen, um zum astrometrischen Labor zurückzukehren.

»Mr. Chakotay, veranlassen Sie Alarmstufe Rot. Für die ganze Crew.«

»Für die ganze Crew, Captain«, bestätigte Chakotay und berührte eine Schaltfläche. »Alle Mann an Deck. Alarmstufe Rot. Notstationen besetzen. Bereitschaftsbericht an den Ersten Offizier.«

»Auf Turbulenzen vorbereiten«, sagte Janeway. »Alle Systeme sichern. Deflektoren verstärken. Alle primären und sekundären Stationen bemannen. Die peripheren Bereiche räumen und die nicht unbedingt erforderlichen Plasmasysteme leeren.«

»Alle Sektionen melden Ausführung«, sagte Chakotay, sah auf die Displays und nahm die Veränderungen zur Kenntnis. Rote Anzeigen wechselten zu Grün, als Besatzungsmitglieder ihre Quartiere verließen und die Stationen besetzten. »Oh ... B'Elanna bittet um Erlaubnis, den Maschinenraum aufsuchen zu dürfen.«

Janeway musterte ihn kurz. »Erlaubnis verweigert. Sie soll sich in der Krankenstation melden.«

»Möchten Sie, dass *ich* ihr das sage?«

»Ich übernehme es selbst, wenn Sie der Herausforderung nicht gewachsen sind.«

»Etwas sagt mir, dass wir Sie lebend brauchen. Ich überlasse es dem Doktor, diese Mitteilung an B'Elanna zu richten.«

»Gute Idee.«

Im Anschluss an diese Worte begann ein von Unbehagen geprägtes Schweigen für Janeway. Manchmal bestand der Job des Captains darin, die anderen ihre Arbeit machen zu lassen. Sie brauchten Zeit, um alle Vorbereitungen zu treffen, die Systeme der *Voyager* zu sichern und dafür zu sorgen, dass die Schilde stabil blieben. Dies war keine Gefechtssituation und das bedeutete: Janeway musste der Crew die notwendige Zeit lassen.

Während sie wartete, beobachtete sie weiterhin den Nebel. Solche Ansammlungen von Gas, Staub und Plasma gehörten zu den unberechenbarsten Naturphänomenen. In Hinsicht auf die energetischen Entladungen gab es kein Muster und es ließen sich auch keine Vergleiche mit anderen Nebeln heranziehen – jeder einzelne war einzigartig. Selbst wenn man sich im Innern befand: Die Gasströmungen ließen sich nicht berechnen und die energetischen Interaktionen zwischen den Komponenten des Nebels beeinträchtigten die Stabilität der Deflektoren. Das Ergebnis konnte aus sehr heftigen Erschütterungen bestehen oder noch schlimmer sein.

»Das Schiff ist auf Turbulenzen vorbereitet, Captain«, meldete Chakotay. Offenbar erfüllte es ihn mit Zufriedenheit, dass alles glatt lief, obwohl die Chefingenieurin fehlte.

Als Paris das Raumschiff zum Nebel steuerte, wurde dessen überwältigende Größe deutlich. Der Hauptschirm reichte kaum mehr aus, um die ganze riesige Gasmasse darzustellen, als sich die *Voyager* ihr immer mehr näherte.

»Vielleicht sollte Chell seiner Speisekarte Nebelsuppe hinzufügen«, kommentierte Paris, als erste Entladungen nach den Deflektoren tasteten. Das Schiff schüttelte sich.

Kurz darauf kam es zu einer zweiten, stärkeren Erschütterung. Janeway hielt sich am Geländer fest. »Schilde?«

»Stabil«, meldete Tuvok.

»Brücke an astrometrisches Labor.«

»Hier Seven.«

»Gibt es weitere Daten in Hinsicht auf die Neutrino-Emissionen?«

»Negativ, Captain«, ertönte es aus dem Kom-Lautsprecher. »Es ist noch immer keine klare Sondierung möglich.«

»Entfernung bis zum Zentrum?«

»Sechs Millionen Kilometer.«

Die Erschütterungen hörten auf, aber dafür begann das Schiff zu vibrieren. Das Zittern wurde immer stärker, wuchs mit jedem zurückgelegten Kilometer.

»Was ist das?«, fragte Janeway.

»Ich entdecke eine Tritanium-Signatur«, sagte Tuvok. »Kurs drei vier zwei Komma fünf.«

»Was auch immer es sein mag – es ist ziemlich nahe«, ließ sich Paris vernehmen.

Tritanium … Eine solche Substanz kam in diesem Mahlstrom, der die *Voyager* hin und her warf, sicher nicht in natürlicher Form vor.

»Ausweichmanöver«, ordnete Janeway sicherheitshalber an. Sie wollte keine Kollision riskieren.

Paris hatte bereits eine neue Flugbahn programmiert und das Schiff neigte sich zur Seite. Die Vibrationen ließen nach.

»War es ein Raumschiff?«, fragte Chakotay.

»Möglich.« Tuvok betätigte Schaltflächen und nahm weitere Analysen vor.

Die Anspannung blieb in Janeway, löste sich nicht auf. Derzeit schien es keine Probleme mehr zu geben, aber Tritanium? Was konnte die Präsenz von Tritanium im Nebel erklären?

Der Hauptschirm zeigte nur noch ein wogendes, gelbgrünes Durcheinander, in dem rote Blitze gleißten. Es gab nicht die geringsten Bezugspunkte, keine Möglichkeit, die Entfernung zwischen brodelnden Gasmassen und freien Bereichen zwischen ihnen abzuschätzen. Selbst ein geübtes Auge konnte in diesem Chaos nichts erkennen. Sie waren auf Mutmaßungen angewiesen, auf reinen Instinkt.

»Wieder eine Tritanium-Signatur!«, rief Kim. »Direkt über uns!«

Captain Janeway öffnete den Mund, um den Piloten anzuweisen, erneut den Kurs zu ändern. Doch dazu kam sie nicht. Plötzlich donnerte es und die Vibrationen wiederholten sich, zehnmal stärker als vorher!

Auf dem Hauptschirm teilten sich die glühenden Schlieren und in aller Deutlichkeit war ein riesiger Borg-Würfel zu sehen, der sich dem Föderationsschiff mit Kollisionskurs näherte!

10

»Tom!«

Es blieb Janeway nicht einmal genug Zeit, eine Richtung für ein Ausweichmanöver zu wählen. Sie rief nur den Namen des Piloten und dabei verlor sich ihre Stimme im Dröhnen der Vibrationen und einem Aufheulen des Triebwerks. Die *Voyager* drehte ab – ein guter Pilot wartete im Notfall nicht auf eine ausdrückliche Anweisung des Captains.

Das Schiff kippte nach steuerbord und entging um Haaresbreite einer Kante des gewaltigen Würfels. Borg! Was führte sie hierher? Und warum war den Sensoren der *Voyager* keine rechtzeitige Identifizierung möglich gewesen?

»Bringen Sie uns fort von hier!«, rief Janeway, als sie wieder atmen konnte.

Aber Paris hatte längst reagiert und zwang die *Voyager* zu einem halsbrecherischen Sturzflug, der sie unter den Borg-Würfel brachte und dem Rand des Nebels entgegen. Wenige Sekunden später schlossen sich die glühenden Schwaden wieder und trennten die beiden so unterschiedlichen Schiffe voneinander.

Eine grafische Darstellung der von den Sensoren ermittelten Daten zeigte, dass der Borg-Würfel im Gegensatz zur *Voyager* praktisch in einer geraden Linie flog.

»Volle Impulskraft!«

»Zwei Drittel Impuls«, meldete Paris mit rauer Stimme. »Volle Impulskraft.«

Alle Herzen pochten. Das Hämmern schien im Innern von Janeways Kopf widerzuhallen. Sie biss die Zähne zusammen und schloss ihre Hände noch fester ums Geländer. Fünf Sekunden … zehn … Und endlich ließen sie den Nebel hinter sich zurück.

»Hecksicht«, sagte Chakotay. Daraufhin zeigte der Hauptschirm nicht mehr das All vor der *Voyager*, sondern die brodelnden Gasmassen, von denen sie sich entfernte.

»Tom, Vektor eins acht.«

»Eins acht …«

Das Schiff wandte sich nach backbord. Paris wusste natürlich, worum es Janeway ging – rein zufällige Kurswechsel sollten dafür sorgen, dass sich ihre Spur schwerer verfolgen ließ. Jedes Schiff hinterließ eine Emissionsspur, und das konnte sich jetzt als ein Problem erweisen. Vielleicht mussten sie das Impulstriebwerk deaktivieren und die *Voyager* eine Zeit lang antriebslos durchs All treiben lassen. Doch auch damit waren Gefahren verbunden. Die Reaktivierung des Triebwerks nahm eine gewisse Zeit in Anspruch und vielleicht erforderten die Umstände eine möglichst schnelle Flucht.

»Werden wir verfolgt?«, fragte Janeway leise. »Haben uns die Borg bemerkt?«

Einige Sekunden lang antwortete niemand. Die Sensoren zeigten nichts an, aber das musste nicht viel heißen. So groß die Borg-Würfel auch waren – sie konnten erstaunlich verstohlen sein und praktisch von einem Augenblick zum anderen erscheinen.

Tuvok wagte als erster eine Schlussfolgerung. »Es gibt keine Anzeichen dafür, dass uns der Würfel entdeckte.«

Keine Anzeichen. Das bedeutete überhaupt nichts. So etwas bot keine Garantie für Sicherheit.

»Wo ist er jetzt?«, fragte Chakotay.

Janeway öffnete einen internen Kom-Kanal. »Astrometrisches Labor, können Sie die Position des Borg-Würfels feststellen? Seven?«

»Ja, Captain«, kam es aus dem Lautsprecher. »Ich habe während des Vorbeiflugs seinen Kurs berechnet. Er ist jetzt drei Lichtjahre entfernt.«

»Wie kann er uns *nicht* geortet haben?«, fragte Paris. »Wir kamen bis auf zehn Meter an den Würfel heran!«

»Die Borg wären sicher nicht wissentlich das Risiko einer Kollision eingegangen«, sagte Tuvok. »Die Strahlung muss ihre Sensoren ebenso gestört haben wie unsere.«

Harry Kim wandte sich an Janeway. »Wenn uns die Borg nicht orten können, sollten wir in den Nebel zurückkehren!«

»Davon rate ich ab«, erklang erneut Sevens Stimme aus dem Kom-Lautsprecher. »Nach meinen Analysen der Tritanium-Signaturen befanden sich mindestens siebenundvierzig Borg-Schiffe in dem Nebel.«

»Wir können die Wurmlöcher nicht einfach so aufgeben!«

»Doch, das können wir«, betonte Janeway, um zu verhindern, dass die Diskussion zu weit in die falsche Richtung führte.

»Wir könnten unsere Sensoren modifizieren und ...«

Janeway hob die Hand. »Tut mir Leid, Mr. Kim. Eines Tages werden Sie vielleicht Captain, aber noch sind Sie es nicht.«

Es fiel ihr nicht leicht, diese Worte auszusprechen, denn sie fühlte sich auf die gleiche Weise innerlich hin und her gerissen wie der Rest der Crew. Sie wollten nach Hause – und gleichzeitig drängte alles in ihnen zur Flucht. Für die Besatzung der *Voyager* war die Furcht vor einer Assimilierung durch die Borg sehr konkret geworden. Die instinktive Reaktion bestand darin zu fliehen.

Aber wohin?

Und dann gab es auch noch die andere Seite der Medaille. Das Zentrum des Nebels bot vielleicht die Möglichkeit, in den Alpha-Quadranten zurückzukehren, bevor sie alle viel zu alt waren. Trotz der vielen Borg-Schiffe fühlte sich die Crew versucht, noch einmal in den Nebel zu fliegen.

Warum konnten sie nicht einfach ein wenig Glück haben, ohne dass Gefahren damit verbunden waren?

Siebenundvierzig Borg-Würfel. Siebenundvierzig …

»Wie geht es dir?« Tom Paris begleitete seine unglückliche Frau von der Krankenstation zurück zu ihrem Quartier, bevor er den Dienst fortsetzen wollte.

»Ich fühle mich hintergangen, gefesselt und beleidigt.«

»Ich bitte dich, B'Elanna! Wer hat dich beleidigt? Du hast nur mit mir und dem Doktor gesprochen …«

»Captain Janeway«, brummte sie. »Sie hat von mir verlangt, während der Alarmstufe Rot in der Krankenstation zu bleiben! Obwohl ich die Chefingenieurin dieses Schiffes bin!«

»In dieser Woche bist du das nicht.«

»Warum ist das Kind noch nicht geboren? Warum dauert es so lange? Es ist bereit, das spüre ich. Wir könnten den Transporter verwenden.«

Paris antwortete nicht und öffnete die Tür ihrer Unterkunft, damit B'Elanna eintreten konnte, ohne stehen bleiben zu müssen. Sie verabscheute die Notwendigkeit zu verharren – anschließend kostete es sie Kraft, sich wieder in Bewegung zu setzen.

B'Elanna ging geradewegs zum einzigen Sessel, der ihr noch Komfort bot. Sie ließ sich in die Polster sinken, wirkte dabei wie ein Druckkochtopf kurz vor der Explosion.

Paris lächelte, aber ein wenig reumütig. Er konnte sich vorstellen, dass B'Elannas Situation alles andere als lustig war, als er auf der Bettkante Platz nahm und dorthin blickte, wo sich normalerweise ihre Füße berührten.

»Siebenundvierzig Borg-Würfel, B'Elanna ... Warum befanden sich so viele Würfelschiffe im Nebel? Sind wir vielleicht auf eine Art Borg-Zentrum gestoßen? Nun, ich finde es schrecklich, dass mir eigentlich gar nichts daran liegt, Antworten auf diese Fragen zu bekommen. Ich möchte nicht zurück, ganz gleich, was der Nebel enthält. Die Sache hat mir ganz schön Angst eingejagt.«

»Normalerweise fürchtest du dich nicht«, erwiderte B'Elanna.

Paris zuckte mit den Schultern. »Unter gewöhnlichen Umständen lasse ich mich nicht so leicht aus der Ruhe bringen. Ich weiß nicht ... Als uns nur noch wenige Meter von dem Borg-Würfel trennten, war ich plötzlich zutiefst entsetzt. Armer Harry ... Du hättest sein Gesicht sehen sollen. Er wünscht sich mehr als Gespräche mit seinen Eltern über den Pathfinder. Er sehnt sich wirklich nach der Heimkehr. Was mich betrifft ... Nun, ich habe nichts, zu dem ich heimkehren könnte, aber ich kann das leicht vergessen. Als wir uns vom Nebel entfernten und ich Harry in die Augen sah ... Dort sah ich meinen Wunsch, fortzulaufen und nie zurückzukehren, B'Elanna. Wozu werde ich dadurch? Zu einem Feigling?«

»Deine Furcht bezieht sich nicht auf dich selbst«, sagte B'Elanna Torres. »Ich kenne dich besser.«

»Du irrst dich! Jetzt trage ich eine viel größere Verantwortung. Ein unschuldiges Leben hängt von mir ab und deshalb kann ich mich nicht mehr so wie früher jeder Gefahr stellen. Ich muss vermeiden, Kopf und Kragen zu riskieren. Das dort draußen sind *Borg*, keine Klingonen!«

B'Elanna bedachte ihn mit einem fragenden und gleichzeitig missbilligenden Blick – bis ihm schließlich klar wurde, was er gesagt hatte.

Paris gestikulierte vage. »Ich … ich wollte nicht, dass es so klingt.«

B'Elanna sank ein wenig tiefer in den Sessel. »Ich sollte Seven hierher rufen – dann kannst du uns beide kritisieren.«

»Du solltest nicht einmal darüber scherzen«, ächzte Paris. »Unsere Assimilierung …« Er senkte die Stimme und zwang sich weiterzusprechen. »Was geschähe mit unserer Tochter?«

Bei dieser Vorstellung wich die Strenge aus B'Elannas Miene und kurzes Schweigen folgte. Keiner von ihnen brachte es fertig, die möglichen Konsequenzen in Worte zu fassen. Hätte man das Kind einfach ›entfernt‹, als eine Art nutzlosen Parasiten getötet? Oder wäre es ebenfalls assimiliert worden, um als Borg-Drohne aufzuwachsen?

Entsetzliche Wachträume suchten Paris heim. »Wir verschließen die Augen vor den Risiken und Gefahren, vor dem Umstand, dass wir nicht wissen, ob wir nächsten Monat noch leben. Wir nehmen das alles hin, weil wir nichts daran ändern können. Warum sich über etwas Sorgen machen, das wir einfach akzeptieren müssen? Inzwischen haben wir uns so sehr daran gewöhnt, dass wir sogar Kinder bekommen! In was für eine Welt wird unsere Tochter geboren? Haben wir überhaupt ein Recht dazu?«

»Deine Bedenken kommen ein wenig spät«, erwiderte B'Elanna. »Wenn man das Leben nicht ganz lebt, während man die Möglichkeit dazu hat, so ist man bereits tot. Welchen Sinn hat dann das Überleben?«

Paris brummte zustimmend, lehnte sich zur Seite und stützte sich auf einen Ellenbogen. »Dies ist wirklich nicht leicht. Ich hätte Lust, meinem Vater eine Fernbereichnachricht zu schicken und mich für all die Probleme zu entschuldigen, die er mit meiner Erziehung hatte. Hast du eine Ahnung, was für ein Kind ich gewesen bin?«

»Wärst du lieber vor sieben Jahren gestorben?«, fragte B'Elanna. »Um nicht durchzumachen, was wir alle zusammen durchgemacht haben?«

Diese sonderbare Frage überraschte Paris. Er zögerte und versuchte, ihre Bedeutung zu verstehen. »Nun … ich glaube nicht …«

»Zweifelst du daran, dass unsere Tochter einmal auf die gleiche Weise empfinden wird? Wenn du sie irgendwann in Zukunft einmal fragst, ob sie lieber an Bord eines Raumschiffs leben und gelegentlich in Gefahr geraten würde oder aber gar nicht geboren worden wäre – welche Antwort erwartest du von ihr?«

»Würde unsere Tochter sagen: ›Ich möchte mit elektronischen Implantaten ausgestattet und in einen lebenden Roboter verwandelt werden‹?« Paris schüttelte den Kopf und versuchte, das grässliche Bild eines Borg-Würfels zu vertreiben, der die *Voyager* zu zermalmen drohte, während er ein verzweifeltes Ausweichmanöver versuchte. »Als ich das Würfelschiff sah, wurde mir plötzlich klar, dass mein Leben jetzt ganz anders aussiehst.«

B'Elanna war erschöpft – schon seit einer ganzen Weile hatte sie nicht mehr richtig geschlafen. Ihr war klar, dass auch sie selbst ihre Einstellungen überdenken musste, um mit den zukünftigen neuen Pflichten als Mutter zurechtzukommen. Sie rutschte im Sessel nach links, griff nach Paris' Hand und hielt sie fest, bis er den Mut fand, ihrem Blick zu begegnen.

»Herzlichen Glückwunsch«, sagte sie.

Dem enttäuschenden Abend folgte ein noch enttäuschenderer neuer Tag. Inzwischen wussten alle, dass Captain Janeway eine schwierige Entscheidung getroffen hatte.

Unter der Crew waren die Meinungen geteilt und änderten sich mit jeder verstreichenden Stunde. Die Nähe so vieler – so ungeheuer vieler! – Borg-Würfel hatte zunächst alle erschreckt, mit Ausnahme von Harry Kim. Doch die Besatzungsmitglieder sehnten sich nach einer Chance zur Heimkehr, so spekulativer Natur sie auch sein mochte.

Tom Paris, dem eine Stunde nach der Fast-Kollision noch immer die Hände zitterten, fiel es nicht weiter schwer, das Schiff vom Nebel fortzusteuern. Ihm lag nichts an einer neuerlichen Begegnung mit Borg-Würfeln.

Als Harry Kim ihm durch den Korridor folgte, ahnte Paris, worum es dem Fähnrich ging.

»Tom!«

Nur noch wenige Meter trennten Paris vom Turbolift und er fragte sich, ob er weitergehen und so tun sollte, als hätte er Kim nicht gehört. Aber etwas in ihm reagierte bereits – er blieb stehen und drehte sich um.

Harry gab sich betont unschuldig. »Was haben Sie nach dem Dienst vor?«

»Nichts Besonderes«, erwiderte Paris. Angesichts seiner familiären Situation konnte er in dieser Hinsicht wohl kaum etwas planen. »Warum fragen Sie?«

»Ich habe nachgedacht … Wir beide sollten uns ein wenig vergnügen. Ein letztes Abenteuer, bevor Sie ganz damit beschäftigt sind, Vater zu sein.«

Paris wusste, worauf Kim hinauswollte, aber er gab sich ahnungslos. »Haben Sie Holodeck-Zeit reserviert?«

»Nein, ich wollte Ihnen etwas Besseres vorschlagen.« Kim reichte Paris einen Handcomputer.

Tom wollte gar nicht darauf hinabsehen. Unglücklicherweise hielt er das kleine Gerät bereits in der Hand und ein Blick aufs Display genügte, um seinen Verdacht zu bestätigen.

»Das ist Ihre Vorstellung von Spaß?«, fragte er.

»Es wird klappen!«, behauptete Kim. »Wir müssen nur einige Veränderungen am Schiff vornehmen …«

»Wir könnten es genauso gut den Borg übergeben!«

»Mit dem besten Piloten im Quadranten an den Navigationskontrollen dürfte so etwas eigentlich nicht passieren.«

Paris reichte den Handcomputer zurück. »Tut mir Leid, aber das zieht nicht.«

Er setzte sich wieder in Bewegung.

Kim hielt ihn am Arm fest. »Wenn wir beide zusammen mit Captain Janeway sprechen, ist sie vielleicht eher bereit, meinem Plan zuzustimmen.«

»Ich möchte gar nicht, dass sie ihm zustimmt.«

»Wo ist Ihre Abenteuerlust geblieben?«

Paris löste seinen Arm aus dem Griff. Er verstand Kims Hoffnungen, und ihn zurückzuweisen, sogar auf eine recht schroffe Weise … Es schmerzte.

»Ich habe meine Abenteuerlust im Nebel zurückgelassen«, sagte er traurig. »Und mir liegt nichts daran, sie zurückzuholen.«

Er schritt davon.

»Möchten Sie nicht nach Hause zurück?«, rief Kim ihm verzweifelt nach.

»Dies *ist* mein Zuhause, Harry.«

Sofort bedauerte Paris die scharfe Antwort. Es lag an der Anspannung …

Kim wirkte verletzt, verzichtete aber nicht auf einen letzten Versuch, Paris umzustimmen.

»Captain Proton hätte die Chance zu einer solchen Mission nicht ungenutzt gelassen«, sagte er.

Paris lächelte schief, was aber nicht darüber hinwegtäuschen konnte, dass seine Stimmung unverändert war. Der Gedanke an die Borg erfüllte ihn nach wie vor mit Furcht.

»Captain Proton hat keine Frau und er wird auch nicht bald Vater.«

Er betrat den Turbolift, und als sich die Tür schloss, begriff Paris: Jetzt hatten sie noch mehr Probleme als vor einigen Minuten.

Chakotay spürte die Veränderungen an Bord. Alle waren stiller und in sich gekehrter; die Crew konnte es nur schwer hinnehmen, geflohen zu sein, anstatt die schwierige Herausforderung anzunehmen, in einem Borg-Heuhafen die Nadel eines Wurmlochs zu finden. Erstaunlicherweise stellte niemand Janeways Entscheidung in Frage, den Flug fortzusetzen.

Früher einmal hätte die Kommandantin weniger Vorsicht walten lassen, aber inzwischen lagen die Dinge anders. Die Crew war reifer geworden, hatte gewonnen und verloren, einige Mitglieder hinzugewonnen und andere zurückgelassen. Nicht alle von ihnen hatten sich bereit erklärt, an Bord eines Kampfschiffes zu arbeiten.

Kathryn hatte Recht: Es gab jetzt Kinder und Familien. Selbst jene Besatzungsmitglieder, die bereit gewesen waren, ihr ganzes Leben in Uniform zu verbringen, hatten nicht mit einer Mission gerechnet, bei der sich praktisch nichts voraussagen ließ. Sie alle befanden sich an Bord dieses Schiffes, und sie würden noch ziemlich lange an Bord bleiben.

Tom und B'Elanna hatten richtig gehandelt, fand Chakotay. Inzwischen zweifelte er nicht mehr daran. Die Veränderungen waren sehr subtiler Natur, aber plötzlich bekam die Crew eine konkrete Bestätigung dafür, was die Zukunft für sie bereit hielt. Kein Wurmloch, keine Magie, kein Glück, keine Abkürzung nach Hause. Wer mehr wollte als die tägliche Pflicht, musste es selbst ins Leben rufen, hier und heute.

Das astrometrische Labor war ein stiller Ort. Meistens befand sich Seven hier allein, so wie auch an diesem Morgen. Als Chakotay hereinkam, wirkte sie überrascht und reagierte auf eine reizend menschliche Art. Ihre Augen waren wie Vögel, ihr Körper wie ein hungriger Traum.

»Wenn Sie gekommen sind, um meinen täglichen Bericht in Empfang zu nehmen …«, sagte Seven. »Er ist noch nicht fertig.«

Chakotay versuchte, nicht zu stolzieren. »Eigentlich bin ich nicht dienstlich hier. Ich habe mich gefragt, ob wir uns erneut treffen können.«

»Wozu?«

Eine interessante Frage. Wusste Seven, wie viele mögliche Antworten es gab? Chakotay hätte am liebsten einige genannt, um sie ein wenig zu verwirren. Sie konnte viel komischer sein, als sie glaubte.

Oder vielleicht lag es an seinem eigenen verdrehten Sinn für Humor. Das ließ sich nicht ausschließen.

Er stützte den Arm auf eine Konsole und schob sich näher heran, als ein Offizier dies normalerweise tat. Seven wich nicht zurück.

»Das hängt von Ihren ›Nachforschungen‹ ab«, erwiderte er. »Eignet sich ein Abendessen für unser viertes Rendezvous?«

Sevens Augen wurden ein wenig größer. »Ich glaube, es wäre besser fürs fünfte Rendezvous geeignet.«

Wer hatte nun den Sinn für Humor?

Chakotay lächelte und beschloss mitzuspielen. »Ich bin bereit zu einem Sprung nach vorn …«

»Wie weit wollen Sie dabei springen?«

»Nun … lassen Sie uns einige Nachforschungen anstellen.«

Er berührte sie am Kinn und sie neigte ihm ihr Gesicht zu. Der Glanz ihrer Augen verstärkte sich, als sie beide schwiegen. Das leise Summen der Konsole schien sich in eine Melodie zu verwandeln.

Chakotays Lippen berührten nicht die von Seven, obgleich er ihren Atem spürte, auch die Wärme ihrer Haut. Im letzten Augenblick wich sie ein wenig von ihm fort, nur ein oder zwei Zentimeter. Trotz dieser Reaktion fühlte Chakotay, dass sie sich mehr wünschte, ebenso wie er selbst.

Seven hob die Hand, griff nach der Chakotays und löste sie von ihrem Kinn – eine Geste, die trotz allem nicht zurückweisend wirkte.

»Heute Abend springen wir nach vorn«, sagte sie.

SCHIFF IDENTIFIZIERT: U.S.S. *VOYAGER*. KOLLEKTIVE ERINNERUNG BESTÄTIGT.

JANEWAY, KOMMANDANTIN.

CHAKOTAY, STELLVERTRETER.

SEVEN OF NINE, SEPARIERTER BORG. PRIORITÄT: VERBINDUNG WIEDERHERSTELLEN.

Analyse akzeptiert.

Sie fand Gefallen an ihrem Körper, an den Muskeln. Sie fand Gefallen am eigenen Bewusstsein und am Gefühl für unabhängige Gedanken. Diese Privilegien behielt sie für sich. Sie war die einzige ihrer Art. Auch den Ehrgeiz behielt sie für sich.

Um sie herum erstreckte sich ein angenehmes Durcheinander aus kantigen mechanischen Konstruktionen, Schächten, Gerüsten, Versorgungswürfeln, Röhren, Reifekammern, Alkoven, Regenerationseinheiten und Milliarden von anderen individuellen Komponenten, die das Schwarm-Konzept bildeten, wie an Bord eines jeden Borg-Würfels. Dies alles verlieh ihr Entschlossenheit.

WIR WERDEN VERFOLGEN UND ASSIMILIEREN. ZENTRALPLEXUS STIMULIEREN.

»Nein.«

Eine Million Stimmen erklang in ihrem Kopf. Monoton, mechanisch, voller Zielstrebigkeit. Sie blieb gelassen.

»Sie haben unsere Sicherheit nicht gefährdet. Lasst das Schiff weiterfliegen. Ich werde es beobachten.«

BESTÄTIGUNG. U.S.S. *VOYAGER*, KOMMANDANTIN JANEWAY, WIRD ÜBERWACHT.

In ihrem gewaltigen, bis in weite Ferne reichenden Geist schmeckte sie den Körper der *Voyager*, als er durchs All flog. Elektrische Impulse. Restrukturiertes Metall und Kabel aus Fasersträngen. Komplexe Matrizen. Sie roch die Hüllenform.

Dies war ihr exklusives Frühstück. Sie allein genoss es. Keine Drohne, kein Assimilant, kein Fragment. Als isolierter und spektakulärer Potentat eines aus Milliarden von Zellen bestehenden Körpers war sie das Zentrum des Zentralplexus, die Königin.

Die Borg-Königin.

11

Das Biobett fühlte sich kalt an und wurde nicht warm. Seven of Nine blickte an die Decke und konzentrierte sich auf ihre Absicht. Diese wöchentliche Funktionskontrolle ließ sich wohl kaum mit den vorherigen vergleichen, denn die nächsten Monate würden ihre Zukunft verändern.

»Es ist alles in Ordnung mit Ihnen«, sagte der Doktor. »Abgesehen von einer leichten Entzündung an der biradialen Klemme. Geben Sie mir Bescheid, wenn sie Ihnen zu schaffen macht.«

Er ließ den Tricorder sinken – die Untersuchung war beendet. Seven sollte jetzt aufstehen und die Krankenstation verlassen.

Sie blieb auf dem Biobett liegen und lauschte dem elektronischen Zirpen, das aus den Medo-Konsolen und Prozessoren kam. Ein angenehmes Geräusch. Sie kannte das Konzept von unterhaltenden Geräuschen. Die Erinnerung daran schwebte frei in ihrem Selbst, ohne erkennbare Wurzeln.

Der Doktor wollte seine Arbeit fortsetzen und stellte dann fest, dass Seven ihre Position nicht geändert hatte.

»Gibt es sonst noch etwas?«, fragte er.

Seven zögerte. Ihre Entscheidung war unklug und würde sie schwächen. Es wäre besser gewesen, an Isolation und Kraft festzuhalten.

Musste sie ihre Kraft aufgeben, um zu wachsen?

Sie räusperte sich. »Vor drei Monaten fiel mein kortikaler Knoten aus, wissen Sie noch?«

Der Doktor musterte sie erstaunt. »Wie könnte ich das vergessen?«

»Sie meinten bei jener Gelegenheit, es sei möglich, die Sicherungskomponente zu entfernen, die das Problem verursachte.«

»Hat sie Ihnen erneut Schwierigkeiten bereitet?« Der holographische Arzt trat ein wenig näher.

»Nein. Aber … ich habe über Ihr Angebot nachgedacht, sie zu entfernen.«

Der Doktor blieb stehen. »Ich hatte gehofft, dass Sie es in Erwägung ziehen würden«, sagte er und seine Stimme klang sanfter als vorher.

Stille folgte, als sich Seven aufsetzte. Erstaunt bemerkte sie, dass ihre Hände und Füße so kalt waren wie das Biobett.

»Sie erwähnten die Notwendigkeit mehrerer Eingriffe …«

Der Doktor lächelte kurz. »Ich habe mich genauer damit beschäftigt – um vorbereitet zu sein, falls Sie Ihre Meinung ändern. Inzwischen halte ich es für möglich, die Mikroschaltkreise mit nur einer Operation zu rekonfigurieren.« Er war nicht nur stolz auf das neue Wissen, sondern auch auf seinen Weitblick.

Weshalb war er so sicher gewesen, dass sich Seven mit einem derartigen Anliegen an ihn wenden würde? Es handelte sich um eine recht drastische Maßnahme, die sie wohl kaum in Erwägung gezogen hätte, wenn … wenn Chakotay nicht gewesen wäre.

»Anschließend sind Sie imstande, das ganze emotionale Spektrum wahrzunehmen«, sagte der Doktor. »Von einem herzhaften, aus dem Bauch kommenden Lachen bis hin zu Tränen.«

Seven betrachtete ihren Bauch und fragte sich verwundert, warum er lachen sollte. »Wann können Sie den Eingriff vornehmen?«

»Noch heute, wenn Sie möchten.« Der Holo-Arzt

schien es eilig zu haben, obwohl er keinen Termin vorschlug.

»Mein Dienst endet um achtzehn Uhr Bordzeit.«

»Abgemacht!«

Die Freude des Doktors beunruhigte Seven. Sie fürchtete Veränderungen, aber wie sollte sie ohne einen Wandel Fortschritte erzielen?

Sie zwang sich, die getroffene Vereinbarung zu akzeptieren, stand auf und ging zur Tür.

»Wenn die Sicherungskomponente nicht mehr existiert, können Sie auch intimere Beziehungen eingehen!«, rief ihr der Doktor nach.

Er wippte auf seinen holographischen Zehen.

Seven musterte ihn. »Das ist mir klar«, sagte sie und wollte den Eindruck erwecken, alles unter Kontrolle zu haben.

»Wenn Sie bei diesem Aspekt Ihrer menschlichen Natur Hilfe brauchen ...« Der Doktor zwinkerte. »Ich stehe jederzeit zur Verfügung.«

War das ein sexueller Antrag?

Wohl kaum.

»Das weiß ich zu schätzen«, erwiderte Seven.

Die Miene des Holo-Arztes erhellte sich. »Tatsächlich?«

»Ja«, sagte sie und ihre Stimme war dabei ein wenig rauer. »Aber ich habe bereits die ›Hilfe‹, die ich brauche.«

Dieser Hinweis schien den Doktor kurz zu verwirren. Dann verstand er, was sie meine. »Oh, natürlich. Ich nehme an, Sie planen weitere Simulationen mit dem Chakotay-Programm.«

Seven verlagerte ihr Gewicht vom einen Bein aufs andere und ließ ihren Körper dadurch auf eine Weise schwanken, die sie bei ihren menschlichen Schiffskameraden beobachtet hatte. Jetzt konnte sie tatsächlich etwas mit dieser ›Körpersprache‹ anfangen.

»Nein, eigentlich nicht«, entgegnete sie stolz. Aus Rücksicht auf Chakotays Privatsphäre verzichtete sie darauf, etwas hinzuzufügen.

Vielleicht verstand der Doktor den Hinweis. Vielleicht auch nicht.

»Ich kehre um achtzehn Uhr Bordzeit hierher zurück«, sagte Seven und überließ den Holo-Arzt seinen Spekulationen.

21.00 Uhr Bordzeit

Warum verwendete jemand den Transporter?

Chakotay stand abrupt auf, als er das Summen des Transporterstrahls hörte – noch dazu in seinem eigenen Quartier.

Instinktiv befürchtete er einen Angriff und seine Gedanken rasten. Er dachte daran, sich einen Phaser zu beschaffen oder wenigstens eine der Kerzen vom Tisch zu nehmen und sie dem materialisierenden Gegner ins Gesicht zu stoßen.

Doch es traf nicht etwa ein monströser Alien ein, sondern eine ausgesprochen attraktive Frau. Chakotay begriff, dass keine Gefahr drohte. Zumindest nicht die, die er befürchtet hatte.

»Komme ich zu früh?«

Leise Musik und Kerzenschein ließen Sevens kehlige Stimme viel erotischer klingen als bei anderen Gelegenheiten, wenn sie zum Beispiel dem Captain Bericht erstattete. Das Licht der Kerzen glitt über goldenes Haar und einen Blumenstrauß, den Seven vor ihren anmutig gewölbten Brüsten hielt.

Seit wann besaß das Beamen einen solchen Zauber?

Chakotay schüttelte verwundert den Kopf und begriff, dass Seven den Grund für seine kampfbereite Haltung sicher nicht verstand. »Nein, Sie sind pünktlich. Äh, ist mit der Tür was nicht in Ordnung?«

Sie trat auf ihn zu. »Ich habe es nicht für besonders taktvoll gehalten, mit Blumen zum Quartier des Ersten Offiziers unterwegs zu sein.«

Chakotay nahm den Strauß entgegen und betrachtete ihn. »Danke. Ein Ergebnis Ihrer ›Nachforschungen‹?« Als sie lächelte, fügte er hinzu: »Ich hole besser eine Vase ...«

Die Blumen fielen zu Boden. Seven schlang die Arme um Chakotay und küsste ihn hingebungsvoll. Auf sehr intensive Weise nahm er ihren Duft wahr, ein Aroma aus Blütenblättern, Shampoo, parfümiertem Öl und ... Leidenschaft.

O ja, es gab wichtigere Dinge als Blumen, nicht wahr? Welcher Narr wandte sich von einer atemberaubenden Frau ab, nur um replizierte Blumen in eine Vase zu stellen? Was hatte er sich dabei gedacht?

Seven löste sich nur deshalb von ihm, damit sie beide atmen konnten.

»Wie ich hörte, soll das Warten auf den ersten Kuss manchmal recht unangenehm sein«, hauchte sie. »Ich wollte die Anspannung lindern.«

Chakotay zog sie wieder zu sich heran. »Sehr freundlich von Ihnen. Was ist mit dem zweiten Kuss?«

Sevens große Augen reflektierten das Licht der Kerzen und das matte Glühen der Leuchtelemente an der Decke. Für eine Frau, die ihr menschliches Wesen vor langer Zeit verloren hatte, offenbarte sie ein erstaunliches Maß an Passion und Sinnlichkeit. Chakotay blickte in ihr Gesicht und sah ... *alles*.

»Da muss ich in der Datenbank nachsehen«, murmelte Seven.

Aber er wollte nicht warten. Sein Arm an Sevens Rücken übte noch ein wenig mehr Druck aus. Er spreizte die Finger, bis sie den Ansatz der Hüfte berührten, und seine Lippen fanden ihre.

Sevens Bewegungen zeigten jetzt überhaupt keine soldatische Steifheit mehr. Wenn man berücksichtigte, welche Rolle sie beide an Bord spielten ... Eigentlich hätte dies viel schwerer für sie sein sollen. Bisher hatten sie immer Distanz gewahrt, um der Vorsicht willen, aber jetzt gaben sie sich ganz ihren persönlichen Bedürfnissen hin. Dies machte schlicht und einfach *Spaß*. Für Seven war das ganz neu und Chakotay hatte es fast vergessen.

»Führungsoffiziere zur Brücke.«

Captain Janeways Stimme ertönte aus dem Kom-Lautsprecher und bohrte sich wie eine Nadel in Chakotays Rücken. War dies eine Art Groschenroman? Wer trug die Verantwortung für ein so schlechtes Timing?

Er dachte daran, der Stimme einfach keine Beachtung zu schenken, sich krank, tot oder assimiliert zu geben ...

»Alarmstufe Gelb. Alle Stationen besetzen.«

Assimiliert ... Lieber Himmel ...

Atemlos und verwirrt griff er nach den Schultern der einzigartigen, wundervollen Frau, die vor ihm stand, und schob sie sanft zurück. Trotz der Störung zeigte sich ein amüsierter Glanz in ihren Augen. Die spontanen Aspekte dieses besonderen Spiels gefielen ihr mehr als am vergangenen Tag.

Chakotay brummte unzufrieden, so leise, dass Seven es vielleicht gar nicht hörte. Die verdammten Angelegenheiten des Schiffes, so ein Mist!

»Beim nächsten Mal schalten wir vorher das Kom-System aus«, schwor er.

Chakotay wirkte nicht gerade glücklich, als er zusammen mit Seven die Brücke erreichte, doch an dem Grund dafür war Janeway derzeit nicht interessiert. Er schien seine eigenen Probleme zu vergessen, als er sich umsah und feststellte, dass alle anderen bereits ihre Plätze eingenommen hatten.

Janeway, Tuvok, Kim und Paris saßen an ihren Stationen und sahen zum Hauptschirm, der etwas Seltsames zeigte: eine gewaltige Wunde im All.

Die Farben veranlassten Chakotay, eine Grimasse zu schneiden, als er an die Seite der Kommandantin trat. »Was ist das?«

»Die Tachyonen-Emissionen deuten auf einen temporalen Riss hin«, antwortete Janeway.

»Wie wird er erzeugt?«, fragte Seven über Chakotays Schulter hinweg.

Janeway sah sie kurz an und ärgerte sich darüber, dass man Informationen von ihr erwartete, die sie derzeit nicht geben konnte. »Das versuchen wir herauszufinden«, erwiderte sie geduldig.

»Haben die Borg vielleicht etwas damit zu tun?«, spekulierte Harry Kim. »Ich kann einfach nicht glauben, dass sie uns bei der letzten Begegnung übersehen haben.«

»Sie sind ein ganzes Stück hinter uns, Harry«, sagte Paris. Sein Tonfall wies den Fähnrich darauf hin, dass er besser den Mund halten sollte.

»Nicht weit genug.«

»Den Fokus aller Ortungssysteme auf den Riss richten«, sagte Janeway. »Versuchen wir eine erste Analyse. Ist es Licht? Energie? Eine Reflexion? Warum kommt es zu temporalen Störungen?«

»Ich hasse Zeitreisen«, murmelte Chakotay, als er Schaltflächen berührte und den Sensorfokus ausrichtete. Neben ihm wahrte Seven ein seltsames Schweigen. Er war ihr näher als erforderlich.

»Ist es wirklich das, was es zu sein scheint?«, fragte Janeway. »Ein Riss im All?«

»Ja«, bestätigte Seven. »Das Phänomen hat eine messbare Ausdehnung und enthält physischen Raum in seinem Innern.«

»Auf der anderen Seite des Risses kommt es zu Nadion-Entladungen«, meldete Tuvok und dabei klang seine Stimme etwas angespannter als sonst.

»Waffenenergie?«, vermutete Chakotay.

»Das ist möglich«, räumte der Vulkanier ein. »Die energetische Signatur deutet auf Klingonen hin.«

Überraschung huschte über mehrere Gesichter, doch es gab keine Zeit für Spekulationen.

»Alarmstufe Rot«, sagte Janeway.

Tuvoks Konsole piepte. »Ein Raumschiff kommt durch den Riss«, sagte er.

»Klingonen?«, fragte Chakotay.

»Nein«, erwiderte der Vulkanier und blickte zum Hauptschirm. »Ein Schiff der Föderation.«

Verblüfftes Schweigen folgte dieser Information. Die Brückenoffiziere fragten sich, ob ihnen die Instrumente einen grausamen Streich spielten, indem sie erst Hoffnung weckten und sie dann wieder zerstörten …

Janeway hob die Hand, um voreiligen Schlussfolgerungen vorzubeugen. Aufgeregt beobachteten sie, wie ein recht mitgenommen wirkender Shuttle unbekannter Bauart durch den Riss kam.

»Jemand versucht, einen Kom-Kontakt mit uns herzustellen!«, rief Kim.

»Auf den Schirm!« Janeways Tonfall forderte die Brückencrew auf, die Ruhe zu bewahren.

Das Bild auf dem großen Schirm wechselte und zeigte ein von Rauchschwaden durchzogenes Cockpit. An den Kontrollen saß eine Frau, die gut sechzig Jahre alt sein mochte und eine Starfleet-Uniform trug.

Tante Louise?

Die Brückenoffiziere glaubten, ihren Augen nicht trauen zu können: Der Hauptschirm zeigte eine ältere Version von Captain Janeway.

Die Kommandantin der *Voyager* musterte ihr gealtertes Selbst skeptisch und war bereit, alles für einen Trick zu halten.

»Rekalibrieren Sie Ihre Deflektoren, um einen Antitachyonen-Impuls abzustrahlen«, befahl die Frau auf dem Bildschirm. »Sie müssen den Riss schließen!«

Janeway hielt sich nicht damit auf zu fragen, was ihre Tante Louise im Delta-Quadranten machte, warum sie einen Shuttle mit den Hoheitszeichen der Föderation flog und den Rang eines Starfleet-Admirals bekleidete. Etwas in ihr reagierte instinktiv und hinderte sie an voreiligen Schlüssen.

»Normalerweise gilt es als höflich, sich vor dem Erteilen von Befehlen vorzustellen.«

»Captain, ein klingonisches Schiff kommt durch den Riss«, warnte Tuvok.

»Schließen Sie den Riss!«, rief die ältere Frau.

Janeway wartete trotzig auf eine Erklärung und benutzte die Gefahr eines klingonischen Angriffs als Druckmittel.

Die Admiralin blieb unbeeindruckt. »Falls Sie es noch nicht bemerkt haben sollten, Captain: Ich habe einen höheren Rang. Kommen Sie meiner Aufforderung nach!«

Tief im Innern des Risses erschien ein sonderbar geformtes klingonisches Raumschiff.

»Weitere Nadion-Entladungen, Captain«, meldete Tuvok ernst.

Von einem Augenblick zum anderen traf Janeway eine Entscheidung. »Schilde rekalibrieren!«

»Deflektoren sind rekalibriert«, sagte Tuvok. Er hatte nur auf die Anweisung gewartet.

»Antitachyonen-Emissionen senden.«

»Antitachyonen werden gesendet, Captain«, berichtete Seven. »Ausrichtung auf den Riss, von Backbord nach Steuerbord.«

»Emissionsstabilisatoren vorbereiten. Vorsichtsmaßnahmen zur Verhinderung einer Überladung einleiten. Ich bin nicht bereit, ein Ausbrennen zu riskieren, nur weil es jemand anders verlangt.«

Janeway betonte die beiden Worte *jemand anders*.

Chakotay führte Schaltungen durch. »Alles bereit.«

»Aktivieren.«

Während ein beständiger Antitachyonen-Strom von der Deflektorscheibe der *Voyager* ausging, fühlte Janeway, wie ihre Anspannung immer mehr wuchs. Warum befand sich eine ältere Version von ihr selbst an Bord des Shuttles? Sie kannte bereits einen Teil der Antwort. Temporale Verzerrung …

Wo befand sie sich in der Zukunft? In klingonischer Gefangenschaft? Mitten in einem Krieg, der *jetzt* noch nicht begonnen hatte? Und wann würde sie dorthin gelangen? Morgen oder in dreißig Jahren?

Das Herz klopfte ihr bis zum Hals empor, aber sie versuchte, sich nichts anmerken zu lassen. Sie musste ruhig bleiben, ein Beispiel für die Crew sein.

Der Riss gleißte und brannte, presste dann seine Lippen zusammen, wie ein galaktisches Kind, das nach einem Tadel schmollte. Die Klingonen konnten nicht mehr auf diese Seite gelangen. So einfach war das.

Jetzt zum komplizierten Teil …

Sie musterte die seltsame Admiralin im beschädigten Shuttle. »Ich habe Ihren Wunsch erfüllt. Sagen Sie mir jetzt, was hier eigentlich los ist.«

SENDUNG EINES BORG-WÜRFELS EMPFANGEN. FÖDERATIONSSHUTTLE, TEMPORALE ANOMALIE.

ANTITACHYONEN-EMISSIONEN ÜBERLAGERN TEMPORALE WELLEN.

»Ich möchte es auf meinem Schirm sehen.«

Die Borg-Königin atmete die kommende Stimulation tief ein. Sie bewegte die Schultern, spreizte die Finger, fühlte den hautengen Isolierungsanzug an den Rippen und Oberschenkeln. Die vielen darin integrierten Komponenten berührten sie mit einer Million Fingerspitzen.

Die Borg-Technik hatte eine Sendung empfangen. Ein schwebender Bildschirm kam herab, verharrte auf Augenhöhe der Königin und zeigte ihr eine Frau mit vertrauten Augen. Graue Strähnen durchzogen ihr Haar. Die Lippen waren dünn und ganz deutlich zeichneten sich die Wangenknochen ab. Hinzu kamen ein spitz zulaufendes Kinn und ein schmaler Hals. Die mit Starfleet-Insignien ausgestattete Uniform wirkte fremdartig.

»Identifizieren«, sagte die Borg-Königin.

SUBJEKTIDENTIFIZIERUNG JANEWAY, KATHRYN, ADMIRAL, STARFLEET.

»Wie alt ist die Admiralin?«

ALTER: ACHTUNDSECHZIG KOMMA FÜNF ZWEI STANDARDJAHRE DER FÖDERATION.

»Audio-Übertragung.«

Die auf dem Bildschirm dargestellte Admiralin Janeway sprach Worte von großem Interesse und von großer Bedeutung.

»Ich bin gekommen, um die *Voyager* heimzubringen.«

12

»Willkommen an Bord.« Kathryn Janeway wandte den Blick von ihren Führungsoffizieren ab, als eine Gestalt auf der Transporterplattform materialisierte.

Die Person, an deren Identität kaum mehr ein Zweifel bestehen konnte, sah sich um, aber ihre Aufmerksamkeit galt nicht etwa den Anwesenden, sondern vielmehr dem Schiff. Dass eine so gewöhnliche Einrichtung wie der Transporterraum nostalgische Empfindungen in *Admiral* Janeway wecken konnte … Dadurch wirkte die Situation noch unwirklicher.

Nach einigen Sekunden trat die Besucherin so von der Plattform herunter, als befände sie sich in ihrem eigenen Vorgarten. Sie näherte sich Chakotay und Tuvok, die einige Schritte neben Captain Janeway standen.

»Tuvok«, sagte sie leise. »Chakotay … Es freut mich, Sie zu sehen.«

Oh, oh. Janeway bemerkte den Gesichtsausdruck der Admiralin und erkannte ihren Tonfall.

Gleichzeitig klang die Stimme der Admiralin fremd, so als spräche Janeway durch einen Papiertrichter. Ein normaler Eindruck – schließlich hört man die eigene Stimme durch den Hallraum des Schädels. Normalerweise fand Janeway nur dann Gelegenheit, sich selbst zu hören, wenn sie alten Logbuch-Aufzeichnungen lauschte.

Sich selbst hören und sehen …

Sie zuckte zusammen, als sich die Admiralin ihr plötzlich zuwandte. »Sie haben bestimmt Fragen.«

»Nur die eine oder andere«, erwiderte Janeway.

»Dann schlage ich vor, wir begeben uns in meinen … in *Ihren* Bereitschaftsraum.«

»Sie kennen den Weg.«

Nun, warum nicht? Das Offensichtliche hatte sich ihnen aufgedrängt. Jetzt bekamen sie Gelegenheit, es zu erforschen.

Die Admiralin ging voraus, wie um zu bestätigen, dass sie wirklich die Person war, die sie zu sein schien. Stumm wanderten sie durch die Korridore des Schiffes. Einmal begegnete Janeway Chakotays Blick, aber sie vermied es, Tuvok anzusehen. Sie alle gewannen den gleichen Eindruck und wussten, dass etwas nicht mit rechten Dingen zuging – dafür hatten sie längst ein Gespür entwickelt.

Als sie sich dem Eingang des Bereitschaftsraums näherten, bedeutete Janeway Chakotay und Tuvok, sie nicht zu begleiten. Vielleicht lag es an ihrem Wissen über sich selbst, aber sie glaubte, dass die Admiralin offener sprechen würde, wenn sie mit ihrer jüngeren Version allein war.

Tuvok beschränkte sich auf ein knappes Nicken. Chakotay griff nach ihrem Ellenbogen und ließ sofort wieder los. Die Berührung war ihr Gewicht in Dilithium wert.

Sie warf ihm einen Blick zu, der versprach, dass sie auf sich Acht geben würde. Dann folgte sie der Admiralin in den Bereitschaftsraum.

Hinter ihr schloss sich die Tür.

Die beiden Frauen standen sich gegenüber, die eine das gealterte Spiegelbild der anderen.

Admiral Janeway schnupperte so, als stünde sie auf einer Wiese mit wild wachsenden Blumen. »Frischer Kaffee …«

»Möchten Sie eine Tasse?«, fragte Janeway. Wie seltsam, sich selbst zu siezen …

Die Admiralin sah zur dampfenden Thermokaraffe auf dem Schreibtisch des Captains. »Nein. Ich trinke schon seit Jahren keinen Kaffee mehr, nur noch Tee.«

Ärger prickelte in Janeway. Wollte die Admiralin andeuten, dass sie das Kaffeetrinken für eine Art Laster hielt? Die Flüssigkeit enthielt Koffein, keine Droge.

»Ich habe den Kustos des Museums darauf hingewiesen«, fuhr Admiral Janeway fort. »Mit einem dampfenden Kaffeebecher auf dem Schreibtisch sieht der Bereitschaftsraum authentischer aus.«

»Die *Voyager* befindet sich in einem Museum?«

»Die *Voyager ist* ein Museum«, verkündete die Admiralin stolz. »Auf dem Gelände der Garnison.« Sie trat ans breite Panoramafenster heran, das Blick ins All gewährte. »An einem klaren Morgen kann man von hier aus Alcatraz sehen.«

Was bedeutete …

Captain Janeway hielt unwillkürlich den Atem an und versuchte, das Zittern aus ihrer Magengrube zu verbannen. Dies war eine große Sache und sie wurde immer größer.

»Sie haben es zur Erde zurück geschafft …«

Die Admiralin nickte, ohne sie anzusehen. Sie trat zum Schreibtisch, griff dort nach der Tasse. »Unsere Lieblingstasse hat die Heimkehr leider nicht heil überstanden. Sie zerbrach beim Kampf gegen die Fen Domar.«

»Gegen wen?« Es gelang Janeway nicht, diese dumme Frage zurückzuhalten.

»Sie werden ihnen in einigen Jahren begegnen.«

Janeway hob die Hand, bevor die Admiralin fortfahren konnte. »Wissen Sie was? Ich glaube, Sie sollten mir besser keine Details der Zukunft nennen.«

Sofort rangen ihre beiden Persönlichkeiten miteinander – die beiden in ihrem Körper. Die Temporale Erste Direktive, Gefahr für die Zukunft, von einem Schmetterling ausgelöste Komplikationen – das alles geriet in Konflikt mit den Pflichten des Forschers, ihrer Verantwortung als Kommandantin, die Sicherheit der Crew zu gewährleisten und *jede Möglichkeit* zu nutzen, das Schiff nach Hause zu bringen.

Was war jetzt richtig? Sollte sie sich weigern zuzuhören oder um weitere Auskünfte bitten?

Sie hätte am liebsten *nach allem* gefragt. Sie wollte auf Nummer Sicher gehen und Gewissheit haben, die richtigen Entscheidungen zu treffen. Sie wollte ihre bisher im Delta-Quadranten gesammelten Erfahrungen zusammen mit den neuen Informationen nutzen, um den Weg des Abenteuers zielbewusst zu beschreiten und nicht mehr blind durchs All zu stolpern!

»Die allmächtige Temporale Erste Direktive«, sagte Admiral Janeway verächtlich. »Wenn ich Ihnen einen guten Rat geben darf … Verschwenden Sie keinen Gedanken daran. Dann ersparen Sie sich eine Menge Kopfschmerzen.«

Gemischte Gefühle regten sich in Janeway. Verachtung den Vorschriften gegenüber? Sie waren das einzige, das die *Voyager* hier draußen zusammenhielt, wo es keine Starfleet-Präsenz gab.

»Sie haben ganz offensichtlich beschlossen, ihr keine Beachtung zu schenken«, sagte Janeway. »Andernfalls wären Sie nicht hier.«

»Mit mir ist eine Menge geschehen, seit ich Sie gewesen bin«, meinte die Admiralin.

Diese seltsame Bemerkung weckte Zorn in Janeway, ein Brodeln, das sie nicht dorthin steuerte, wohin die Admiralin sie führen wollte, sondern genau in die entgegengesetzte Richtung. Eine kindische Reaktion? Vielleicht.

»Nun, ich bin noch immer ich und dies ist mein Schiff. Wir reden nicht mehr über zukünftige Ereignisse, bis ich es mir anders überlege, klar?«

»Na schön«, sagte die Admiralin sofort. »Sprechen wir über die Vergangenheit.

Vor drei Tagen entdeckten Sie starke Neutrino-Emissionen, die aus einem Nebel im Gitter neun acht sechs kamen. Sie glaubten, vielleicht einen Weg nach Hause gefunden zu haben. Das stimmt. Ich bin hier, um die *Voyager* zu jenem Nebel zurückzubringen ...«

»Dort wimmelt es von Borg!«

»Ich habe Technik mitgebracht, mit der wir an ihnen vorbeikommen.«

Magie aus der Zukunft. Wie praktisch. Zweifel suchten Captain Janeway heim. Nichts war so einfach. Zumindest nichts Gutes.

»Ich kann es Ihnen nicht verdenken, wenn Sie skeptisch sind«, sagte die Admiralin. »Aber wenn Sie nicht einmal sich selbst trauen können – wem dann?«

»Nehmen wir einmal an, dass ich glaube, was Sie mir sagen«, erwiderte Janeway. »Mit der Zukunft, aus der Sie kommen, scheint alles in Ordnung zu sein. Die *Voyager* ist heimgekehrt, ich bin Admiral, es gibt Möglichkeiten, sich gegen die Borg zur Wehr zu setzen, mein Bereitschaftsraum bleibt der Nachwelt erhalten ...«

»Warum sollten Sie sich von einer so erstrebenswert wirkenden Zeitlinie abwenden? Um Ihnen diese Frage zu beantworten, müsste ich Ihnen mehr sagen, als Sie wissen möchten.«

Janeway bedachte die Admiralin mit einem durchdringenden Blick. Mehr als sie wissen wollte? So etwas gab es überhaupt nicht.

Die Admiralin lehnte sich an den Schreibtisch – seine Kante berührte eine vertraute Stelle am Oberschenkel. Janeway glaubte, den Druck selbst zu spüren.

»Wenn Sie nicht auf meinen Vorschlag eingehen«, fuhr die ältere Frau fort, »kehren Sie erst in sechzehn Jahren heim. Und unterwegs wird es zu weiteren Verlusten kommen.«

Dieser Hinweis war wie ein Schlag in den Magen. Janeway hörte die Stimme des Versagens, der Hoffnungslosigkeit und Enttäuschung. Alle ihre Bemühungen und Planungen, die vielen schlaflosen Nächte, während derer sie sich gefragt hatte, ob sie Tag für Tag und Minute für Minute die richtigen Entscheidungen traf … Lief es darauf hinaus, dass sie alle ihre besten Jahre damit verbringen mussten, mit hoher Warpgeschwindigkeit in eine unglückliche Zukunft zu fliegen?

Unglücklich? Woher wollte sie das wissen? Die Andeutungen der Admiralin klangen gar nicht so schlecht. Aber warum war sie hier?

Warum wäre ich zurückgekehrt? Was könnte mich dazu bewegen, die Zukunft der Crew und vielleicht sogar Milliarden anderer Personen zu gefährden? Es ist immer äußerst riskant, mit der Zeit herumzuspielen. Warum kam sie hierher?

Verluste … Es gab immer Verluste. Selbst wenn sie nicht zu dieser Mission aufgebrochen und in den Delta-Quadranten transferiert worden wären, selbst wenn sie alle beschlossen hätten, in ihren Heimatstädten zu bleiben … Es wäre trotzdem zu Unfällen gekommen. Das Leben ging in jedem Fall weiter. Es gab Krankheiten, Probleme und Zufälle, die Opfer forderten. Man versuchte nicht, die Zeit neu zu ordnen, nur weil einem die Symphonie des Lebens an einer bestimmten Stelle missfiel. Was einen davon abhielt? Die Gefahr. Das Risiko war einfach zu groß.

Ich würde es nicht wagen. Warum hat sie sich dazu entschlossen?

»Ich weiß genau, was Sie jetzt denken«, sagte die Admiralin von oben herab. Janeway beschloss, diesen gönnerhaften Tonfall von jetzt an nie mehr zu verwenden.

»Sind Sie Telepath geworden?«, fragte sie.

Die Admiralin nickte. »Ich bin Sie gewesen, erinnern Sie sich? Sie fragen sich, ob ich wirklich das bin, was ich behaupte, oder ob dies alles ein Täuschungsmanöver ist. Vielleicht halten Sie mich für ein getarntes Exemplar der Spezies Acht Vier Sieben Zwei.«

Janeway unterdrückte ein verärgertes Lächeln. Sie fühlte sich in die Ecke gedrängt. Wenn alles stimmte, befand sie sich sehr im Nachteil. Wenn ihr zukünftiges Selbst wirklich Starfleet-Admiral war, wenn sie jetzt mit einem vorgesetzten Offizier sprach ... Dann hatte Admiral Janeway Kommando-Autorität über sie. Und wenn dies ein anderer Admiral gewesen wäre, der aus der Zukunft zu ihr kam – worin hätte dann ihre Pflicht bestanden?

Doch die vergangenen sieben Jahre der Widrigkeiten und Isolation hatten zu neuem Selbstbewusstsein und neuer Entschlossenheit geführt. Alles in Janeway drängte danach, die Kontrolle zu wahren. Die *Voyager* musste allein ihr Schiff bleiben, bis zu ihrer Rückkehr in den Alpha-Quadranten.

»Lassen Sie meinen Shuttle untersuchen.« Die Admiralin las erneut Janeways Gedanken. »Sagen Sie Ihren Leuten, sie sollen vor allem auf die Waffensysteme und die Panzerungstechnik achten. In der Zwischenzeit kann der Doktor meine Identität bestätigen.«

Solche Überprüfungen ergaben durchaus einen Sinn, schienen aber auch eine Verschwendung von kostbarer Zeit zu sein. Wenn Janeway ihren eigenen Behauptungen glaubte und tatsächlich nicht wissen wollte, was die Zukunft bereit hielt ... Dann war es besser, die Admiralin jetzt sofort mit ihrem Shuttle zurückzuschicken. Um nicht in Versuchung zu geraten. Je länger die Admiralin blieb, desto größer wurde die Gefahr der Kontamination. Sie an Bord zu behalten und zu untersuchen, die Systeme des Shuttles zu analysieren ... Allein das war schon riskant. Früher oder später erfuhr die Crew, dass etwas vor sich ging. Die Techniker würden aufzeichnen, was sie an Bord des Shuttles fanden. Überall an Bord des Schiffes würden Tricorder Daten speichern. Alles in

Janeway sträubte sich dagegen, eine solche Ressource einfach zu ignorieren. Sie hielt es für besser, derartige Informationen zu nutzen – jede andere Entscheidung hätte sich durch ein viel zu hohes Maß an Vorsicht ausgezeichnet. Sie stellte sich vor, mit einer Dose voller Wasser in einem Rettungsboot zu sitzen; früher oder später würde sie trinken.

»Wir nennen Sie ›Admiral‹ und bringen Ihnen den Respekt entgegen, den Sie offenbar verdienen«, wandte sie sich an ihr älteres Selbst. »Angeblich kennen Sie die Zukunft. Aber von meiner Perspektive aus gesehen könnten Sie auch einfach nur verrückt sein.«

»Nette Vorstellung«, kommentierte die Admiralin.

»Wir alle werden alt«, erwiderte Janeway. »Und manchmal kommt es zu gewissen Altersgebrechen.«

»Sie geben vor, von mir unbeeindruckt zu sein«, sagte die Admiralin. »Aber ich weiß, wann Sie nicht ehrlich sind. Wir sind die gleiche Person …«

»Wir *waren* die gleiche Person. Als Sie durch den Riss kamen, wurden wir zu zwei unterschiedlichen Individuen. Sie sehen wie ich aus und wir haben eine gemeinsame Vergangenheit, aber jetzt sind wir nur noch wie Zwillinge. Und unsere Zukunft könnte erhebliche Unterschiede aufweisen. Meine steht mir erst noch bevor. Ich muss so handeln, als sei sie noch nicht geschehen.«

»Die Überlebenden der *Voyager* verdienen Besseres als das, was sie bekommen haben«, sagte die Admiralin. Diesmal vibrierte deutlicher Zorn in ihrer Stimme.

Captain Janeway deutete zum Korridor. »Wir sind keine Überlebenden. Wir müssen erst noch in die Heimat zurückkehren.«

Seven of Nine saß an den Navigationskontrollen des Shuttles, das sich im Hangar der *Voyager* befand. Besorgt fragte sie sich, welche Entscheidungen Captain Janeway treffen würde.

Zwar versuchte sie, ihre Empfindungen unter Kontrolle zu halten, aber Unbehagen regte sich in ihr. Wieder standen Veränderungen bevor. Alle Veränderungen in ihrem Leben waren ernst, dramatisch, plötzlich und umfassend gewesen. Assimilierung durch die Borg, dann für viele Jahre das Leben als Drohne, schließlich die Entdeckung ihres individuellen Selbst, des Mädchens, das so lange ausgelöscht gewesen war ... In letzter Zeit hatte sie nicht nur gelernt, ihre menschliche Individualität zu akzeptieren, sondern auch damit begonnen, sie zu erforschen. Jetzt strebte sie die letztendliche Erfüllung dieser Individualität an, wie sie in der Literatur so oft beschrieben wurde – eine Liebesbeziehungen, die sie mit einem anderen Menschen verband.

»Der Panzer scheint autoregenerativ zu sein«, berichtete sie und beobachtete, wie Daten über die Displays scrollten. Sie betätigte Schaltflächen und wechselte damit zu einer grafischen Darstellung der gepanzerten Phase. »Bei der Aktivierung des Systems rekonfigurieren spezielle Naniten die molekulare Struktur der Außenhülle und dadurch entstehen sich überlappende Schichten.«

Der Vorgang erinnerte Seven an die Adaptationstechnik der Borg. Naniten analysierten die Umgebung und passten sie dann an.

»Der Panzer ist nur die Spitze des Eisbergs.« Die Stimme von B'Elanna Torres kam aus dem Heckbereich des Shuttles. Mit Hilfe eines Tricorders nahm sie eine korrelative Analyse in Hinsicht auf die dortige Technik vor. »Der Shuttle ist mit omnispektraler Stealth-Technik und Transphasen-Photonentorpedos ausgestattet ...« Sie brach ab, als sie sich in die Höhe stemmte. Ihre Bewegungen wirkten dabei alles andere als anmutig. Sie wankte nach vorn und sah sich die Kopfstütze des Piloten an. »Und dies hier ... Ich schätze, das ist ein neurales Interface. Aber ich habe nicht die geringste Ahnung, wie es funktioniert. Nun, es gibt da etwas, wofür der Shuttle nicht bestimmt ist.« Sie zwängte sich zwischen die Sitze und fügte hinzu: »Für ein schwangeres Besatzungsmitglied.« Sie sah auf ihren Bauch und klopfte daran. »Es wird Zeit für dich, endlich herauszukommen.«

»Am besten wär's, wenn das Kind am Donnerstag um zwölf Uhr Bordzeit geboren wird«, sagte Seven.

B'Elanna sah sie groß an. »*Sie* haben ebenfalls gewettet?«

»Ich versuche, an den Aktivitäten der Crew teilzunehmen.« Seven bemühte sich um einen neutralen Gesichtsausdruck, um nicht die seltsame Freude zu verraten, die sie dabei empfinden würde, eine eigentlich sinnlose Wette zu gewinnen.

B'Elanna ließ sich in einen Sessel sinken. »Mein Leben wäre viel einfacher, wenn ich Tom Paris nie kennen gelernt hätte.«

Diese Bemerkung schockierte Seven fast.

»Bedauern Sie Ihre Beziehung mit ihm?«

»Ich habe mir einen Scherz erlaubt«, erwiderte B'Elanna rasch.

»Sie sind also glücklich darüber, Teil eines Paars zu sein?«

Für einige Sekunden vergaß B'Elanna, wie unbequem sie es hatte. Sie dachte nach und schließlich lächelte sie.

»Ja«, sagte sie. »Das bin ich.«

Ein Gehirn. Menschlich. Aber nicht irgendein Gehirn, sondern *ihrs*.

Das Leben im Irland des achtzehnten Jahrhunderts war viel einfacher. Seuchen, Hungersnöte, Armenhäuser, Oberherren – kleine, schlichte Probleme. Hatte jemand von »Zeitreisen« gesprochen?

»Beim Scan des zerebralen Kortex des Admirals hat sich etwas Interessantes ergeben«, sagte der Doktor, als er in der Krankenstation neben Captain Janeway stand und auf die grafische Darstellung eines Bildschirms deutete. Er berührte eine Schaltfläche und das Bild veränderte sich. Ein Gehirnlappen rückte in den Vordergrund und sichtbar wurde ein nichtorganisches Implantat.

»Was ist das?«, fragte Janeway.

»Ich bin mir nicht sicher.« Der Doktor runzelte die Stirn. »Ein solches Implantat sehe ich jetzt zum ersten Mal.«

War dies ein Hinweis darauf, dass die Admiralin kein Vertrauen verdiente? Kam sie tatsächlich aus der Zukunft, aber als Werkzeug einer unbekannten Macht? Wurde sie manipuliert?

»Fremde Technik?«, erkundigte sich Captain Janeway.

Der Doktor betätigte erneut den elektronischen Zoom und das Implantat füllte den ganzen Bildschirm.

»Die Mikroschaltkreise haben eine Starfleet-Signatur.«

»Natürlich«, sagte Admiral Janeway. Der Doktor und Captain Janeway drehten sich überrascht um. Die Admiralin hatten sich auf ihrem Biobett aufgesetzt.

»Admiral?«, fragte der Doktor.

Admiral Janeway zeigte auf den Bildschirm. »Sie haben es erfunden. Vor zwölf Jahren, aus meinem temporalen Blickwinkel gesehen.«

Die Lippen des holographischen Arztes formten ein zufriedenes Lächeln. »Bitte entschuldigen Sie, Admiral«, sagte er. »Ich wusste nicht …«

»Dass ich zuhörte? Ich mag alt sein, aber mit meinem Gehör ist alles in bester Ordnung, was ich Ihrer ausgezeichneten Pflege über die Jahre hinweg verdanke.«

»Nun …« Der Doktor zögerte. Es schien ihm eine gewisse Verlegenheit zu bereiten, nach seinen eigenen zukünftigen Erfolgen zu fragen. »Dieses Implantat, das ich erfinden werde … Was hat es damit auf sich?«

»Es handelt sich um einen synaptischen Transceiver, der es mir erlaubt, ein Raumschiff zu fliegen, das mit einem neuralen Interface ausgestattet ist.«

»Faszinierend«, sagte der Doktor neugierig. »Welche anderen erstaunlichen Durchbrüche werde ich erzielen?«

»Doktor …«, mahnte Janeway sanft.

»Entschuldigen Sie, Captain«, brummte er. »Aber Sie können einem Hologramm nicht vorwerfen, neugierig zu sein.«

»Bitte beenden Sie Ihren Bericht.«

»Ja, Ma'am. Beim Scan hat sich herausgestellt, dass Sie beide genetisch identisch sind. Die Admiralin ist tatsächlich Ihr älteres Selbst und der Altersunterschied beträgt etwa sechsundzwanzig Jahre.«

Admiral Janeway nickte zufrieden.

Nichts Neues bisher. Nur eine Bestätigung. Die Entdeckung eines Spions oder eines Tricks hätte Janeway nicht glücklicher gemacht. Allerdings: Die Bestätigung der Geschichte von Admiral Janeway knüpfte den Gordischen Knoten noch komplexer.

Captain Janeway öffnete den Mund, um weitere Tests anzuordnen – sie wollte alle Untersuchungen durchführen lassen, die möglich waren, ohne die Privatsphäre der Admiralin zu sehr zu verletzen –, als Seven mit einem Handcomputer herein kam.

Admiral Janeway trat auf sie zu und streckte die Hand aus, um sie zu berühren. Im letzten Augenblick hielt sie sich zurück.

»Hallo, Seven«, sagte sie.

Janeway versteifte sich und hatte plötzlich das Gefühl, dass eine Séance stattfand. Die Admiralin schien mit einem Geist zu sprechen.

Etwas in Janeway erstarrte, als sie verstand.

Seven musterte die Admiralin wie ein verwirrtes Kind; sie schien von ihrer Präsenz nicht viel zu halten – vielleicht sah sie ein Sicherheitsproblem darin.

Nach einigen Sekunden wandte sie den Blick ab und offenbarte so etwas wie menschlichen Trotz, als sie Captain Janeway ansah. »Die Technik an Bord des Shuttles ist eindrucksvoll.« Sie reichte ihren Handcomputer der Kommandantin. »Ein großer Teil davon scheint für den Einsatz gegen die Borg bestimmt zu sein.«

Janeways Unbehagen wuchs. War es zu größeren Konflikten mit den Borg gekommen? Hatte sich die Föderationstechnik deshalb auf dieses Problem konzentriert und ihm Priorität eingeräumt?

Sie fragte sich, welchen Einfluss dieses Wissen auf ihre zukünftigen Entscheidungen haben würde. Sie führte den Befehl über ein Raumschiff, dessen Pflicht darin bestand, die Föderation zu schützen und zu verteidigen, bis zum letzten Leben an Bord. Folgte daraus, dass sie umkehren und kämpfen sollte, bis nichts mehr übrig war? Konnte sie ihre Pflicht als Starfleet-Offizier nur mit einer solchen Entscheidung erfüllen? Oder musste sie auch – und vor allem! – daran denken, die Crew zu schützen?

Vielleicht ließ sich eine Konfrontation mit den Borg gar nicht vermeiden, um die *Voyager* nach Hause zu bringen.

Janeway gab sich einen inneren Ruck.

»Können jene Systeme an Bord der *Voyager* installiert werden?«, fragte sie.

Mit dieser Frage war der erste Schritt getan.

»Die Stealth-Technik ist inkompatibel«, sagte Seven. »Panzerung und Waffen müssten sich eigentlich anpassen lassen.«

Stille folgte diesen Worten und trennte Janeway von den anderen.

Glücklicherweise schien die Admiralin zu akzeptieren, dass die Entscheidungen noch immer von Kathryn Janeway der Ersten getroffen wurden.

»Nun, Captain?«

Janeway musterte ihr älteres Selbst mit unverhohlenem Ärger. Sie mochte es nicht, unter Druck gesetzt zu werden, aber …

Die Borg …

Sie wandte sich an Seven. »Beginnen Sie mit der Installation.«

13

PERSÖNLICHES LOGBUCH DES CAPTAINS
STERNZEIT 54973.4

Wir haben begonnen, die *Voyager* mit Admiral Janeways Technik auszustatten. Dutzende von Besatzungsmitgliedern in Schutzanzügen arbeiten an der Außenhülle – seit mehr als einem Jahr waren nicht mehr so viele Angehörige der Crew außerhalb des Schiffes tätig. Vielleicht bin ich zu besorgt, aber es macht mich nervös, sie dort draußen zu wissen. Ich habe mich an die Vorstellung gewöhnt, dass dieses Schiff unsere Höhle ist, eine Art schützendes Gehäuse und unser ganzes Universum. Wenn Besatzungsmitglieder nicht an Bord sind, muss ich immer daran denken, dass ihnen Gefahr droht.

Vielleicht geht meine Unruhe auf den Umstand zurück, dass wir fremde Technik in unserem einzigen Rettungsboot installieren. Eigentlich kenne ich jene Frau gar nicht. Ich weiß, wer sie einmal gewesen ist, und ich weiß auch, was sie zu sein scheint. Aber der Rest ist ein Geheimnis. Die Frage lautet: Soll ich erlauben, dass es ein Geheimnis bleibt?

Trotz ihrer Schwangerschaft kümmert sich Torres selbst um die Konversion. In der technischen Abteilung herrscht ziemlicher Betrieb. Wir haben Crewmitglieder aus allen anderen Sektionen des Schiffes abgezogen, um die notwendigen Arbeiten möglichst schnell durchzuführen. Ich muss darauf vertrauen, dass B'Elanna mir Bescheid gibt, wenn sie irgendetwas findet, das wir nicht kontrollieren können. Ganz gleich, was die Admiralin zu sein oder zu wissen behauptet: Ich werde ihr auf keinen Fall die Kontrolle überlassen. Ich muss in der Gegenwart tätig werden; das ist meine einzige Möglichkeit.

All diese Aktivität ... Und vielleicht besteht das Ergebnis letztendlich nur aus einem weiteren Eintrag auf der Siegesliste der Borg-Königin. Im Vergleich mit Komplexität und Größe der Borg-Präsenz im Delta-Quadranten ist die *Voyager* nur eine winzige, fast völlig bedeutungslose Macht. Das dürfen wir nie vergessen.

Wie soll ich die richtige Entscheidung treffen? Dieses Schiff ist ein Funke in einem Waldbrand, wenn es um den Kampf gegen die Borg geht. Aber wenn die Admiralin Recht hat, wenn wir die Linien der Borg durchstoßen und ins richtige Wurmloch fliegen können – ich wage noch immer nicht ganz, mich entsprechenden Hoffnungen hinzugeben –, so bin ich moralisch dazu verpflichtet, diese Möglichkeit wahrzunehmen, um zur Föderation zurückzukehren und die Feuerkraft der *Voyager* Starfleet zur Verfügung zu stellen.

Wenn es doch nur Vorschriften gäbe, die einen solchen Vorgang regeln. Nun, vielleicht erlasse ich welche, wenn ich Admiral bin.

Sobald die wichtigsten Modifikationen durchgeführt sind, fliegen wir zum Nebel zurück. Während meiner beruflichen Laufbahn habe ich die eine oder andere sehr seltsame Erfahrung gemacht, aber das alles ist nichts im Vergleich mit dem Anblick meines älteren Selbst, das meinen Offizieren den Umgang mit einer Technik erklärt, die erst noch erfunden werden muss.

Alle arbeiten hart und an Bord herrscht vorsichtiger Optimismus. Wenigstens dieses Geschenk habe ich für die Crew: Für eine Weile gibt es eine neue, strahlende Hoffnung für sie. Janeway Ende.

»Computer, Regenerationszyklus beginnen.«

Seven of Nine schob sich in die Nische und fühlte dabei die emotionale Last der Ungewissheit. Die Regeneration würde ihre Gedanken von allem Ballast befreien und dem pochenden Herzen Ruhe bringen.

Der Computer bestätigte. Elektronische Systeme piepsten und zirpten, erinnerten Seven an eine sicherere Zeit, an die zahllosen Jahre als Mitglied des Kollektivs. Damals hatte sie ein Leben ohne Fragen geführt.

Sekunden verstrichen, nur einige wenige Sekunden, bevor sie ohne Körper war und schwebte. Die organischen und kybernetischen Funktionen verschmolzen miteinander, als die Ruhephase begann.

Ein grünes Glühen entstand vor Sevens innerem Auge. Gesichter formten sich darin, viele Gesichter. Captain Janeway ... die Admiralin ... Träume von Vergangenheit und Zukunft ... alles gerade außer Reichweite, als sie mentale Finger danach ausstreckte.

Dann ertönte eine Stimme im grünen Dunst.

»Seven of Nine. Dritter Zusatz von Unimatrix Null Eins.«

Seven spürte, wie sich ihr Körper versteifte. Die verlockende Stimme der Borg-Königin.

Abrupt öffnete sie die Augen. Es gab keine *Voyager* mehr, nur noch das grüne Glühen. Darin schwebten Kopf und Brust der Borg-Königin. Andeutungsweise zeichneten sich die Schultern ab.

»Es ist so lange her«, murmelte die Königin. Ihre vollen Lippen formten ein bittersüßes Lächeln.

Seven versuchte, sich umzusehen. Aber sie brauchte gar keine Augen, um zu wissen, dass sie sich in der Heimstatt der Königin befand.

Mein Körper ist noch immer an Bord der Voyager. *Ich sollte nicht hier sein, in einem Borg-Würfel. Wie gelang es der Königin, eine Verbindung mit meinem Bewusstsein herzustellen?*

»Was willst du?«, fragte sie.

Die Königin schwebte vor ihr, ohne von irgendetwas getragen oder gestützt zu werden. »Brauche ich einen Grund, um eine Freundin zu besuchen?«

»Wir sind keine Freunde.«

»Nein, wir sind mehr. Wir bilden eine Familie.«

Dieser Hinweis empörte Seven.

FAMILIE: ZWEI ODER MEHR PERSONEN, DIE DURCH IHRE GENETISCHE STRUKTUR MITEINANDER VERWANDT SIND. ZWEI ODER MEHR PERSONEN MIT EINEM GEMEINSAMEN HINTERGRUND UND GEMEINSAMEN WÜNSCHEN. ZWEI ODER MEHR PERSONEN, DIE …

»Aber da wir gerade beim Thema ›alte Freunde‹ sind …«, sagte die Borg-Königin. »Wie ich sehe, kam eine Besucherin zur *Voyager*.«

Woher wusste sie das? Hatte sie Indikatoren an Bord des Schiffes versteckt?

Bin ich ein solcher Indikator?

»Sie kommt aus der Zukunft, nicht wahr?«, fügte die Königin hinzu. »Nenn mir den Grund dafür.«

Seven straffte die Schultern. »Du bist vielleicht imstande, mit mir zu kommunizieren, während ich mich regeneriere. Aber ich bin keine Drohne mehr. Ich brauche mich nicht deinen Wünschen zu fügen.«

Die Königin neigte den Kopf zur Seite. Bei den Menschen war es eine Geste, die Nachdenklichkeit zum Ausdruck brachte, aber bei der Borg-Königin kam sie einem Befehl gleich. Ein Bildschirm schwebte in Sevens Blickfeld und verharrte dort, wo sowohl sie als auch die Königin seine Darstellungen sehen konnten. Der Schirm zeigte die *Voyager*: Sie flog mit Impulsgeschwindigkeit und näherte sich ihnen.

»Ich habe die Flugbahn der *Voyager* berechnet. Ich

weiß, dass sie zum Nebel zurückkehrt. Ich rate euch, den Kurs zu ändern.«

Seven dachte daran, dass sie vielleicht Informationen gewinnen konnte, während sie »hier« war. »Warum sollten wir deinen Rat beherzigen?«

»Ich habe dich immer gemocht, Seven.« Die Borg-Königin musterte sie und ihre Augen waren dabei wie zwei Sondierungsinstrumente, denen nichts entging. Einmal mehr wurde sie ihrem Ruf gerecht und verzichtete darauf, eine Frage direkt zu beantworten. »Zwar ist die Crew der *Voyager* alles andere als perfekt, aber ich weiß, wie viel dir an ihr liegt. Deshalb habe ich sie in Ruhe gelassen. Stell dir vor, wie du empfinden würdest, wenn mich die Umstände zu einer Assimilierung zwängen.«

Seven begegnete dem Blick der Königin. Ärger regte sich in ihr. »Die *Voyager* ist keine Gefahr für das Kollektiv. Wir möchten nur in den Alpha-Quadranten zurückkehren.«

»Wogegen ich keine Einwände erhebe. Aber wenn ihr noch einmal versucht, in meinen Nebel vorzustoßen, werde ich euch vernichten.«

Sie unterstrich ihre Worte, indem sie erneut den Kopf zur Seite neigte.

Blitze aus silbergrüner Energie zuckten durch Sevens Ruhenische, gleißten durch Körper und Geist. Sie versuchte, Arme und Beine zu bewegen, aus dem neuroelektrischen Sturm herauszutreten. Dies war eine Warnung der Königin: Sie wollte das Selbst ihrer Feinde verbrennen, wenn sie darauf bestanden, weiterhin Feinde zu bleiben. Lasst euch assimilieren – oder euer Bewusstsein wird gebraten.

Schmerzen wüteten durch Sevens Nervenbahnen, bis sie sich nicht einmal mehr an ihren Namen erinnern konnte.

Funken trugen sie zu einem helleren Ort zurück, wo

ihre Existenz begonnen hatte. Sie entsann sich an etwas, das mit ihm in Zusammenhang stand, ohne die Dinge benennen zu können. Krämpfe schüttelten ihre Muskeln. Ein grauer Boden schlug ihr mitten ins Gesicht und sie blieb reglos liegen.

Sie hörte das Rauschen des eigenen Bluts in den Ohren und die Stimme des Computers.

»Warnung: Regenerationszyklus unvollständig. Warnung ...«

»Ihr kortikaler Knoten wurde niederenergetischen elektromagnetischen Impulsen ausgesetzt. Es hätte viel schlimmer sein können.«

Weder Captain Janeway noch die Admiralin ließen sich von den Worten des Doktors beruhigen. Seven lag auf einem Biobett, wirkte mitgenommen und sogar verängstigt.

Captain Janeway sah darin ein erstes Zeichen dafür, dass die Dinge falsch liefen.

»Was ist passiert, Seven?«, fragte sie. Ihre Stimme klang sehr ernst.

»Es war die Borg-Königin«, erwiderte Seven. »Sie wollte, dass ich eine Botschaft übermittle. Sie droht mit der Assimilierung der *Voyager*, wenn wir in den Nebel fliegen.«

Eigentlich ergab das kaum einen Sinn. Die Königin konnte sie jederzeit assimilieren – immerhin standen ihr siebenundvierzig Würfel zur Verfügung, die das Föderationsschiff innerhalb kurzer Zeit erreichen und bestimmt nicht aufgehalten werden konnten. Hinzu kam, dass die *Voyager* wieder zum Nebel flog, sich der gewaltigen Borg-Streitmacht also näherte. Dadurch nahmen die Vorteile der Königin noch weiter zu, wenn das überhaupt möglich war.

»Warum ist der Nebel so wichtig für sie?«

»Das spielt keine Rolle«, warf die Admiralin ein. »Sie ist nicht in der Lage, ihre Drohung wahrzumachen.«

Janeway wandte sich ihr zu. »Ich wünschte, ich könnte Ihre Zuversicht teilen.«

»Das wäre bestimmt der Fall, wenn Sie ebenso viele Erfahrungen mit der Königin gesammelt hätten wie ich.«

Das war eine ziemlich anmaßende Behauptung …

Janeway schüttelte den Kopf. »Ein heimlicher Vorstoß in den Nebel wäre eine Sache gewesen. Aber wenn die Borg uns überwachen …«

Die Admiralin unterbrach sie. »Es gibt keine Garantie dafür, dass ein Assimilierungsversuch nicht stattfindet, wenn die *Voyager* auf einen Vorstoß in den Nebel verzichtet.«

»Soll mich das beruhigen?«

»Ich behaupte nicht, dass die Borg ungefährlich sind«, sagte die Admiralin. »Aber aus meiner Perspektive ist ihre Technik seit dreißig Jahren veraltet!«

»Wir sollten unser Glück nicht auf die Probe stellen.«

»Glück hat damit überhaupt nichts zu tun. Ich weiß, dass Sie nicht zu viel über die Zukunft erfahren wollen, aber wir sind den Borg mehrmals begegnet, bevor uns die Heimkehr gelang. Wenn wir weder Technik noch Taktik entwickelt hätten, um sie zu schlagen, wäre ich heute nicht hier.«

Oder?

Die unausgesprochene Frage ihres älteren Selbst ärgerte sie vor allem deshalb, weil sie sie im eigenen Kopf hörte. Die Hinweise auf Überlegenheit klangen immer unechter. So sehr sich die Admiralin auch aufplusterte: Sie kam aus einer Zukunft, in der die *Voyager nicht* in einen Nebel geflogen war, in dem siebenundvierzig Borg-Würfel auf sie warteten. Sie glaubte, bereits alles erlebt zu haben, aber diese Sache war selbst für sie neu.

Captain Janeway widerstand der Versuchung, ihre Überlegungen in Worte zu fassen – ihre Crew sollte nicht an Zuversicht verlieren.

»Wir fliegen auch weiterhin zum Nebel«, sagte sie, fügte ein lautloses *zunächst* hinzu und hoffte, dass die Admiralin es erahnte. »Aber wir bleiben bei Alarmstufe Rot. Und ich möchte, dass mit ständigen Sondierungen nach Borg-Aktivität Ausschau gehalten wird.«

»Aye, Captain«, bestätigte Seven und verließ das Biobett.

»Wir müssen einen Weg finden, Ihre Ruhenische so zu modifizieren, dass die Königin Ihnen nichts anhaben kann«, sagte Janeway.

»Dabei bin ich gern behilflich«, sagte die Admiralin. »Erfahrung lässt sich durch nichts ersetzen«, fügte sie hinzu.

Alarmstufe Rot. Im astrometrischen Labor blinkten Warnlichter. Das große Projektionsfeld war auf Bereitschaft geschaltet und zeigte eine Sternenkarte. Diese Karten würden sich von großem Wert erweisen, wenn die *Voyager* schließlich heimkehrte – sie dokumentierten einen nicht unbeträchtlichen Teil des Delta-Quadranten.

Chakotay eilte in den Raum und versuchte im letzten Augenblick, nicht zu besorgt zu wirken. Rasch schritt er zu Seven, die sich noch immer mit den Konversionen befasste. Sie schien unversehrt zu sein, aber elektromagnetische Impulse konnten recht gefährlich werden, vor allem dann, wenn sie von der rachsüchtigen Borg-Königin kamen.

»Ich habe gehört, was passiert ist«, begann er ohne einen Gruß. »Ist alles in Ordnung mit dir?«

»Es geht mir gut«, sagte Seven und sah ihn nicht an.

Chakotay spürte eine gewisse Befangenheit bei ihr. Vermutlich galt ihre Sorge nicht in erster Linie ihr selbst, sondern der Möglichkeit, dass die Borg-Königin über sie die *Voyager* infiltrieren konnte.

Er versuchte, sie mit einer dummen Bemerkung abzulenken. »Wenn du Ruhe brauchst ... Ich stelle den Dienstplan um.«

Würde sie den Scherz verstehen? Während eines Alarmstatus an Bord spielte man nicht mit dem Dienstplan herum. Aber vielleicht wusste Seven das noch nicht.

»Es wäre nicht richtig, Ihre Kommando-Entscheidungen von unserer persönlichen Beziehung beeinflussen zu lassen.«

Sie siezte ihn, aber ... Lächelte sie? Oder deuteten ihre Lippen zumindest ein Lächeln an?

Chakotay beschloss, auf sie einzugehen. »Sie haben Recht«, sagte er und ging ebenfalls zum Sie über. »Unter den gegenwärtigen Umständen sollten wir in erster Linie Profis sein. Also erstatten Sie Bericht.«

»In einem Umkreis von zehn Lichtjahren findet keine Borg-Aktivität statt.«

»Das sind gute Nachrichten, Besatzungsmitglied.«

Seven wandte sich ihm zu und streifte die kühle Maske ab. »Ja, Sir. Aber wir sollten das Kollektiv nicht unterschätzen.«

»Die Admiralin scheint davon überzeugt zu sein, dass wir ohne größere Probleme an den Borg vorbeikommen.«

»*Captain* Janeway ist vorsichtiger.«

»Mit *einer* Kathryn Janeway auf der Brücke wären unsere Chancen gut«, sagte Chakotay. »Aber mit zwei? Ich würde jederzeit auf dieses Schiff wetten. Wenn wir es zur Erde zurück schaffen ... Was haben Sie vor?«

Sevens Augen trübten sich und ihr Blick reichte in die Ferne. Chakotay gewann den Eindruck, dass sie noch nicht darüber nachgedacht hatte. Vielleicht deshalb nicht, weil es bisher unmöglich erschienen war, innerhalb einer überschaubaren Zeit zu ihrer gemeinsamen Heimatwelt zurückzukehren. Vielleicht hatte sie eine Abkürzung für unwahrscheinlich gehalten.

»Ich nehme an, dass Starfleet einen Bericht von mir erwartet«, sagte sie. »Und anschließend versuche ich, mich irgendwo nützlich zu machen.« Seven sah zu Chakotay auf und die Distanz zwischen ihnen schrumpfte rasch. »Was ist mit dir?«

Er zuckte mit den Schultern und berührte sie mit einem Finger am Kinn. »Ich weiß es nicht genau. Aber wohin auch immer ich gehe ... Ich werde darauf achten, in Transporterreichweite zu dir zu sein.«

Nie zuvor hatte Tom Paris eine solche Aktivität im Maschinenraum gesehen. Er suchte ihn auf, um mit seiner Frau zu reden, die gar nicht im Dienst sein sollte und trotzdem Dutzende von Besatzungsmitgliedern dazu antrieb, möglichst schnell fremde Technik in die Bordsysteme der *Voyager* zu integrieren. Als er durch die Tür trat, begriff er sofort, dass B'Elanna es übertrieb – noch bevor er sie sah. Schon von weitem hörte er ihre Stimme.

»Ich möchte nicht, dass das ganze System wegen eines fehlerhaften Relais ausfällt. Installieren Sie neue!«

»Ja, Ma'am«, erwiderte irgendein armer Kerl.

Paris zögerte und schüttelte den Kopf. Manchmal fiel es schwer zu glauben, dass sich mehr als zehn Personen an Bord befanden. Jetzt aber sah er einen großen Teil der Crew an einem Ort: Mit Werkzeugen und Installationskomponenten eilten sie hin und her, manche von ihnen in Schutzanzüge gekleidet. Und sie alle fürchteten die scharfe, herrische Stimme einer Schwangeren. Paris glaubte, seinen Augen und Ohren kaum trauen zu können.

»Ich brauche neue Angaben über die Induktor-Kapazität ...«

»B'Elanna ...«

»Lassen Sie mich diesmal nicht länger als fünf Minuten warten. Ich muss dem Captain *und* dem Admiral

Bericht erstatten, und ich möchte ihnen auf keinen Fall melden müssen, dass ich noch nicht Bescheid weiß, klar?«

»B'Elanna, hier spricht dein Ehemann. Hörst du mich?« Paris trat näher und beugte sich in ihr Blickfeld.

»Solltest du nicht auf der Brücke sein?«, fragte sie scharf.

Er zog sie in eine Ecke und ignorierte die Blicke der vorbeieilenden Techniker. »Darf ein Pilot den Chefingenieur nicht um einen Systembericht bitten?«

»Der letzte Bericht, den *ich* bekommen habe, wies auf das einwandfreie Funktionieren des Kom-Systems hin.«

»Na schön, ich geb's zu«, sagte Paris und zuckte mit den Schultern. »Ich wollte nach dir sehen.«

Welch ein Ehemann wäre er gewesen, wenn er keinen solchen Wunsch verspürt hätte? Alarmstufe Rot, Borg-Würfel, Nebel, ein Admiral ... Paris überlegte, ob er sich mit B'Elanna auf irgendeinem hübschen Planeten niederlassen sollte, um dort ein Haus zu bauen und einen Garten anzulegen. Vielleicht konnten sie Captain Janeway bitten, später durch einen anderen Zeitriss zu ihnen zurückzukehren.

»Ich bin soweit in Ordnung«, sagte B'Elanna und rang sich ein Lächeln ab. Seine Sorge schien sie zu rühren.

»Was ist mit deinem Rücken?«

»Ich achte nicht darauf.«

»Ich würde dir gern eine Massage anbieten, aber dann stünden die anderen hier bald Schlange.«

B'Elannas Lächeln wuchs in die Breite. »Weißt du, für einen Starfleet-Jungen bist du erstaunlich nett.«

Paris erwiderte das Lächeln. Da es ihm jetzt gelungen war, B'Elanna ein wenig zu entspannen, sah er sich noch einmal um. »Wie läuft's?«

B'Elanna schüttelte voller Anerkennung den Kopf. »Die Panzerungstechnik der Admiralin ist unglaublich!

Ich klinge nicht gern wie Harry, aber wir könnten es tatsächlich schaffen.«

Paris hörte die Worte, achtete aber vor allem auf den Tonfall. »Weshalb freust du dich nicht darüber?«, fragte er.

»Oh, ich freue mich. Es ist nur … Ich habe mich an die Vorstellung gewöhnt, dass unser Kind an Bord der *Voyager* aufwächst. Aber jetzt … Vielleicht findet die Geburt nicht hier statt, sondern in einer Krankenstation der medizinischen Abteilung von Starfleet.«

Paris musterte B'Elanna und dabei ließ er ein wenig die Schultern hängen. Lieber Himmel, die Crew war wirklich schizophren. Sie wünschte sich die Heimkehr und gleichzeitig fühlte sie sich an Bord zu Hause …

»Das wäre doch nicht so schlecht, oder?«, erwiderte er.

»Nicht solange du bei mir bist. Und ich möchte, dass sich der Doktor um die Entbindung kümmert, kein Fremder.«

»Wir müssten ihn ausschalten, um ihn daran zu hindern.«

B'Elanna lächelte erneut. Vielleicht erinnerte sie sich daran, wie viele Besatzungsmitglieder der *Voyager* voller Anteilnahme an sie und ihre Situation dachten. In gewisser Weise fand ihre Niederkunft für die ganze Crew statt. »Wenn wir es nach Hause schaffen … Wo werden wir dann leben?«

»Für eine Weile können wir bei meinen Eltern unterkommen. – Oh, du hast Recht. Das ist keine besonders gute Idee.«

»Nun, wahrscheinlich spielt es für dich ohnehin keine große Rolle«, sagte B'Elanna. »Ihr Piloten seid doch alle gleich. Bestimmt lässt du dich auf die erste Mission ein, die man dir anbietet, und ich kann dann zu Hause die Windeln wechseln.«

Paris lächelte, als er sich vorstellte, wie die Halbklingonin B'Elanna einen Kinderpopo puderte. »Keine Sorge.«

»Herein.«

Kathryn Janeway bemerkte das Summen des Türmelders erst, als es zum dritten Mal erklang. Ihre Aufmerksamkeit galt dem Monitor auf dem Schreibtisch. Sie sah sich Daten über Borg-Würfel an. Als ob das etwas nützte ...

Sie kannte die Würfel recht gut, sowohl von innen als auch von außen, aber sie schienen immer komplizierter zu werden, wie ein Sumpf, der sich ständig veränderte.

Schließlich bemerkte sie, dass jemand eingetreten war. Sie hob den Kopf, sah jedoch nicht Chakotay oder jemand anders, den sie gern gesehen hätte, sondern Admiral Janeway. Wie ein Phantom stand sie dort.

Ein Phantom mit einem Backblech.

»Was ist das?«, fragte Janeway.

»Besatzungsmitglied Chell hat mir anvertraut, dass du das Mittagessen versäumt hast. Ich werde nicht zulassen, dass du auch aufs Abendessen verzichtest.«

Oh, prächtig. Ihr älteres Selbst schlüpfte in die Rolle der Aufpasserin. Diese absurde Besorgtheit weckte jähen Ärger in Janeway. »Danke, aber dafür habe ich keine Zeit.«

»Du solltest dir Zeit dafür nehmen. Du bist viel zu dünn.«

Janeway lehnte sich zurück, musterte die Admiralin und stellte fest, dass sie inzwischen zum Du übergegangen war. »Ich sehe ... Ich verwandle mich in meine Mutter.«

Die Admiralin nahm den Deckel vom Backblech. »Mein Schmorbraten ist besser als ihrer. Du hast hoffentlich nichts dagegen, dass ich einen Freund eingeladen habe.«

»Ich wünsche den Damen einen guten Abend.«

Chakotay.

Janeway beobachtete, wie er das Zimmer betrat. Ihr älteres Selbst bedachte ihn mit dem gleichen nostalgischen Blick wie zuvor Seven. Ein weiterer Hinweis?

Der Erste Offizier nahm neben Admiral Janeway auf der Couch Platz. Sie wirkten seltsam – so viele Jahre trennten sie voneinander –, aber es gab eine Verbindung.

»Wie geht es meinen beiden Lieblingsfrauen an diesem schönen Tag?«, fragte Chakotay munter.

»Sie sind ein verdammter Lügner«, warf ihm die Admiralin vor. »Glauben Sie wirklich, mir etwas vormachen zu können, Chakotay?«

Seine Wangen röteten sich. Er schlug die Beine übereinander und gab vor, sich zu entspannen. »Es ist nur ein Test, der dazu dient, Ihre wahre Identität zu enthüllen.«

»Sie möchten herausfinden, ob ich ein Cape habe und ein großes ›J‹ unter der Uniform?«

»Etwas in der Art.«

»Warum stellen Sie mir nicht einige Fragen, die nur unsere Freundin hier und ich beantworten können?« Die Admiralin deutete auf Captain Janeway und schien ihr Verhalten fast sofort für unhöflich zu halten. »Tut mir Leid. Ich sollte mich nicht so verhalten, als wärst du überhaupt nicht hier.«

Janeway kam um den Schreibtisch herum und nahm eine Tasse Kaffee entgegen. »Oh, schon gut. Ich bin einfach nur eine fünfte Wand.«

»Na schön«, sagte Chakotay. »Admiral, warum berichten Sie uns nicht von Dingen, über die nur *Sie* Bescheid wissen?«

»Dem Captain liegt nichts an einem Gespräch über die Zukunft.«

»Eigentlich spielt es doch gar keine Rolle, oder?«, warf Janeway ein. »Immerhin löschen wir deine Zukunft aus, wie auch immer sie beschaffen sein mag. Das *hoffen* wir zumindest. Wenn wir Erfolg haben, können die Ereignisse, an die du dich erinnerst, überhaupt nicht geschehen sein, oder?«

Der Gesichtsausdruck der Admiralin veränderte sich und wies darauf hin, dass zumindest ein Teil ihrer Selbstsicherheit gespielt war.

»Was möchtet ihr hören?«, fragte sie.

Bei dem seltsamen Treffen ging es bald nicht mehr um Informationen, sondern um Erinnerungen. Es fand tatsächlich unter sehr sonderbaren Umständen statt. Immerhin herrschte Alarmstufe Rot an Bord und die *Voyager* flog einer gewaltigen Streitmacht der Borg entgegen, ausgerüstet mit fremder Technik, die nicht getestet werden konnte. Die Möglichkeit, dass ihnen von einem Augenblick zum anderen alles um die Ohren flog, ließ sich nicht ganz ausschließen.

»Und der erste Kontakt mit den Rotenianern?«, fragte Chakotay und nannte damit den zehnten Punkt auf seiner Fragenliste. Er war es gewesen, der das Gespräch in Gang gehalten hatte.

»Wie könnte ich ihn vergessen?«, erwiderte die Admiralin.

Captain Janeway kommentierte die gemeinsame Erinnerung mit einem Nicken. »Sie waren Telepathen.« Sie sah Chakotay an. »Wie viele Tage dauerten die Verhandlungen für den Flug durch ihr Raumgebiet?«

»Zwölf«, kam die Admiralin Chakotay zuvor. Das war schon mehrmals geschehen und es beruhigte sie alle.

»Wenn ich es mit einem Bluff versuchte«, fügte Janeway hinzu, »sagte der lästige kleine Diplomat immer: Ich weiß, was Sie denken, Captain …«

Chakotay lachte. »Bis zu dem Morgen, als Sie sein Büro betraten und folgende Worte an ihn richteten …«

»Sagen Sie mir, was ich *jetzt* denke!«, entfuhr es beiden Frauen gleichzeitig.

Alle drei lachten und Chakotay schüttelte den Kopf, als er Janeways Stimme zweimal hörte. »Bin ich der einzige, der dies für seltsam hält?«

Captain Janeway verzichtete auf einen Kommentar und verbarg ihre Nervosität hinter Alltäglichem. »Noch etwas Tee?«

Admiral Janeway nickte. »Danke.«

Die Admiralin beobachtete, wie ihr jüngeres Selbst aufstand und zur anderen Seite des Raums ging. Sie wusste, dass Captain Janeway nur vorgab, entspannt zu sein – auf diese Weise versuchte sie, mehr Informationen von der Besucherin aus der Zukunft zu bekommen. Sie waren nicht besonders geschickt, wenn es darum ging, sich zu täuschen, aber die Admiralin genoss in dieser Hinsicht wenigstens den Vorteil von Erfahrung und Wissen. Sie beugte sich zu Chakotay vor und senkte die Stimme.

»Was macht Ihr Privatleben?«, fragte sie.

»Admiral?«

»Sie können ganz offen zu mir sein, Chakotay. Ich weiß genau, was vor sich geht.« Als Chakotay einen Blick in Captain Janeways Richtung warf, fügte die Admiralin hinzu: »Keine Sorge. Sie weiß noch nichts. Nun, wie läuft's mit Seven?«

Chakotay kniff argwöhnisch die Augen zusammen, doch eine Sekunde später lächelte er. »Großartig.«

Die Admiralin fragte sich, ob sie die falschen Dinge preisgab. Vielleicht ruinierte sie alles, indem sie auf die persönliche Zukunft hinwies. Aber Chakotay so glücklich zu sehen, ihn *überhaupt* zu sehen …

»Brücke an Captain Janeway«, ertönte es aus dem Kom-Lautsprecher.

Die Admiralin hob den Kopf und hätte fast geantwortet. Das jüngere Selbst kam ihr zuvor.

»Hier Janeway. Was ist los?«

»Wir sind bis auf Reichweite der Nahbereichsensoren an den Nebel heran, Captain.«

In Paris' Stimme erklang Vorsicht, sogar eine gewisse Nervosität. Natürlich – kein Wunder. Er wurde bald Vater und wusste nicht, ob seine Tochter einen Tag oder hundert Jahre leben konnte.

Captain Janeway warf der Admiralin einen kurzen Blick zu und brachte ihre Beziehung damit wieder auf das kühle, distanzierte Niveau wie vor einer Stunde.

»Das Schiff sichern. Gefechtsstationen besetzen. Treffen Sie alle notwendigen Vorbereitungen für den Kampf gegen die Borg. Ich bin gleich bei Ihnen, Tom.« Janeway wandte sich der Admiralin und Chakotay zu. »Es ist so weit.«

Sie folgten ihr zur Brücke, wo bereits eine deutlich spürbare Anspannung herrschte. Innerhalb weniger Sekunden trafen auch Tuvok, Kim und Seven ein und übernahmen ihre Posten. Daraufhin befanden sich alle Führungsoffiziere im Kontrollraum der *Voyager*, außerdem auch noch ein Starfleet-Admiral.

Captain Janeway nahm im Kommandosessel Platz, was der Aufmerksamkeit der Brückencrew keineswegs entging – sie bemerkte ihre Blicke.

Die Admiralin blieb hinter ihr. Wollte sie auf diese Weise ihre Macht demonstrieren? Nein, das ergab kaum einen Sinn.

»Janeway an Maschinenraum. Ist das neue Panzerungssystem einsatzbereit?«

Die Stimme von B'Elanna Torres ertönte aus den Kom-Lautsprechern. »Die neue Technik ist nicht getestet, Captain. Warum warten wir nicht einen Tag?«

»Sie sollten es besser wissen, B'Elanna. Geben Sie mir grünes Licht, sobald alle Systeme aktiv sind. Wir nähern uns dem Nebel – und wie heißt es so schön? ›Was du heute kannst besorgen, das verschiebe nicht auf morgen.‹«

Janeway vermied es, einen Blick mit der Admiralin zu wechseln.

Sie wartete eine Zeit lang und hörte, wie es immer wieder klickte.

Dann sagte B'Elanna: »Alles klar, Captain.«

Janeway holte tief Luft und ließ den Atem langsam entweichen. Wenn die Borg noch nicht wussten, dass sie hier waren, so würden sie es gleich erfahren.

»Panzerung aktivieren«, sagte sie.

Es klapperte, als an der Außenhülle sich überlappende Panzerungsplatten entstanden. Ein solches Geräusch hörte Janeway jetzt zum ersten Mal und plötzlich ärgerte sie sich darüber, dass die Admiralin so viel mehr wusste als sie.

Die *Voyager* hatte sich gerade in eine Rüstung gehüllt, wurde zu einem Ritter.

Janeway blickte zum Hauptschirm, der senffarbene Gaswolken zeigte.

»Also los, Mr. Paris«, sagte sie. »Bringen Sie uns in den Nebel hinein.«

14

Ein Würfel!

Die Borg entdeckten die *Voyager* sofort, hatten auf sie gewartet. Janeway wäre dumm gewesen, etwas anderes anzunehmen. Drei Seiten des Würfels, der sich ihnen näherte, waren sichtbar – eine Kante deutete direkt auf das Föderationsschiff. Die Kommandantin beobachtete das gewaltige Monstrum und sie fühlte sich von einer Mischung aus Übelkeit und Reue erfasst. Sie hatte sich dazu hinreißen lassen, einer Person zu trauen, die sich als Illusion herausstellen mochte. Selbst wenn die Admiralin wirklich das war, was sie zu sein behauptete: Vielleicht kam sie als übergeschnappte Extremistin aus der Zukunft. Janeway hatte sich deshalb dazu durchgerungen, ihr zu vertrauen, weil sie glauben wollte, sich im Alter einen klaren Verstand bewahrt zu haben, aber …

Jetzt blieb ihr keine Wahl mehr – sie musste den Zweifel beiseite schieben und sich den Konsequenzen ihrer Entscheidung stellen. Es ging nun um Leben und Tod.

Der Borg-Würfel verblüffte Janeway mit seinen riesigen Ausmaßen und auch in diesem Fall fühlte sie sich von dem Anblick zutiefst beeindruckt. Es erschien ihr einfach unglaublich, dass ein solcher Block mit supermoderner Technik gefüllt war. Wenn der Borg-Würfel nicht die Nemesis der Individualität gewesen wäre, hätte man ihn für ein Kunstwerk halten können.

Die *Voyager* wurde sofort angegriffen und von Strahlblitzen getroffen, die normalerweise schwere Schäden angerichtet hätten.

Janeway breitete sich innerlich aufs Schlimmste vor und wandte sich mit einer unausgesprochenen Frage an Tuvok.

»Integrität des Panzers bei siebenundneunzig Prozent«, sagte der Vulkanier, während es immer wieder dumpf donnerte.

Chakotay fing Janeways Blick ein und sie teilten einen Moment der Ehrfurcht. Dann sah Janeway zur Admiralin, die sich ein zufriedenes Lächeln erlaubte.

»Ausweichmanöver, Mr. Paris«, sagte die Kommandantin und erinnerte sich wieder an ihre Rolle. »Wir sind nicht hierher gekommen, um zu kämpfen. Volle Impulskraft für den vorgesehenen Kurs. Achten Sie nicht auf die Würfel.«

Das war leicht gesagt und schwerer getan, als zwei weitere Borg-Würfel aus den Gasschwaden des Nebels kamen und sich dem ersten hinzugesellten. Die *Voyager* sauste an ihnen vorbei und steckte dabei einige weitere Treffer ein.

»Tuvok?«

»Integrität bei neunzig Prozent.«

Janeways Hände schlossen sich fester um die Armlehnen des Kommandosessels. »Kurs beibehalten!«

Die Erschütterungen hörten plötzlich auf. Eine Sekunde später tastete ein grüner Scanstrahl über die *Voyager*.

Die Admiralin blickte auf die Anzeigen einer Konsole und nickte. »Die Borg suchen nach einer Möglichkeit, sich anzupassen«, sagte sie. Damit hatte sie ganz offensichtlich gerechnet.

Janeway sah sie an und öffnete den Mund, um etwas zu sagen. Im gleichen Augenblick eröffneten die drei Borg-Würfel das Feuer und das Schiff erbebte heftig.

»Sie feuern gleichzeitig!«, rief Chakotay, um sich trotz des Lärms verständlich zu machen. »Und sie richten den Fokus auf eine Stelle!«

Tuvoks Station löste einen Alarm aus. »Integrität der Backbord-Panzerung bei fünfzig Prozent!«, meldete der Vulkanier. »Vierzig!«

Das Heulen war ohrenbetäubend.

»Mr. Paris, Angriffsmuster Alpha-eins!«, befahl Janeway. »Zielerfassung auf den ersten Würfel richten und Transphasen-Torpedos abfeuern.«

Sie hörten, wie sich eine Öffnung in der Panzerung bildete, groß genug für ein Torpedokatapult. Hoffentlich funktionierte das neue Waffensystem. Es war nicht getestet ...

Es gleißte im Nebel, als mehrere Torpedos das erste Borg-Schiff trafen. Janeway erwartete etwas mehr als die üblichen Funken an der Außenseite des Würfels, aber sie bekam *viel* mehr.

Es kam zu einer Explosion, so heftig, wie sie normalerweise nur von kollidierenden Himmelskörpern verursacht wurde. Die energetische Druckwelle ließ das Föderationsschiff zur Seite kippen und schleuderte die beiden anderen Borg-Würfel in die Richtung zurück, aus der sie gekommen waren.

Hinter der *Voyager* entstanden riesige Feuerbälle, von weißen und neongrünen Wolken gekrönt.

Der Würfel war explodiert!

Explodiert!

Nun, eins stand fest: Die Admiralin war keine nette alte Dame!

Janeway hätte jetzt gern das Gesicht der Borg-Königin gesehen – ein explodierter Würfel!

»Zielerfassung auf den zweiten Würfel richten«, sagte sie.

Der nächste Treffer war ebenso wirkungsvoll wie der erste. Der zweite Würfel stieß durch das Feuer, das den ersten verschlungen hatte, und empfing seinerseits einen Schwarm Transphasen-Torpedos.

Vielleicht lag es an der geringeren Entfernung: Die zweite Explosion war noch eindrucksvoller als die erste.

»Der dritte Würfel zieht sich zurück!«, rief Kim und seine Stimme wies deutlich darauf hin, was er empfand.

Wilde Freude. Normalerweise gingen Begegnungen mit den Borg anders aus. Bisher war es immer wieder zu Opfern gekommen.

Diesmal aber gelang es ihnen, die gefürchteten Borg in die Flucht zu schlagen! Die Stimmung an Bord hätte gar nicht besser sein können.

»Entfernung zum Zentrum?«, fragte Chakotay.

»Weniger als hunderttausend Kilometer«, antwortete Seven sofort.

Sie hatte das letzte Wort gerade erst ausgesprochen, als die *Voyager* das freie Zentrum des Nebels erreichte, umgeben von einer Schale aus glühendem Gas.

Einmal mehr wurde das Föderationsschiff zu einem Zwerg. Aber nicht etwa deshalb, weil es jetzt durch keine Gasschlieren mehr glitt. Der Grund war vielmehr das gewaltige Gebilde vor ihm, ein Borg-Koloss von olympischen Ausmaßen.

Das Etwas sah aus wie ein Feuerrad und war so riesig, dass der Hauptschirm nicht alle Einzelheiten darstellen konnte. Janeway dachte an das Spektakel eines Feuerwerks, das plötzlich erstarrt war und massiv Substanz gewonnen hatte, um anschließend auf jedem einzelnen Quadratzentimeter eine Kruste aus Schaltkreisen zu entwickeln. Zahllose Bahnen reichten durchs All und am Ende jeder einzelnen zeigte sich eine glühende Transwarp-Öffnung, von langen Streben offen gehalten.

Nie zuvor hatte jemand eine so gigantische Konstruktion gesehen – das glaubte Janeway, obgleich ihr älteres Selbst nicht so überrascht wirkte. Aber auch ihr Gesicht zeigte Ehrfurcht.

»Was zum Teufel ist das?«, fragte Janeway scharf.

Die Admiralin ging nicht auf ihre Frage ein. »Mr. Paris, nehmen Sie Kurs auf die Öffnung bei den Koordinaten drei vier sechs und vier zwei!«

»Nein!«, widersprach Janeway. »Ich habe Sie etwas gefragt! Was *ist* das?«

»Der Weg nach Hause.«

»Es steckt mehr dahinter«, sagte Seven. »Es handelt sich um ein Transwarp-Zentrum.«

Plötzlich erinnerte sich Janeway. »Sie haben mich darauf hingewiesen, dass es in der ganzen Galaxis nur sechs davon gibt ...«

»Das ist korrekt«, bestätigte Seven.

Janeway wandte sich an die Admiralin. »Sie wussten davon, haben mir aber nichts gesagt. Warum?«

»Ich beantworte alle Fragen, sobald wir im Alpha-Quadranten sind.«

»Bringen Sie uns aus dem Nebel!«

Paris sah zu ihnen beiden. »Captain?«

»Sie haben mich gehört.«

»Ich habe Ihnen eine Anweisung erteilt, Lieutenant«, zischte die Admiralin. »Nehmen Sie Kurs auf ...«

»Dies ist meine Brücke, Admiral«, unterbrach Janeway ihr älteres Selbst. »Ich lasse Sie zu Ihrem Quartier eskortieren, wenn es notwendig wird. Mr. Paris, fort von hier!«

Sie mussten auf Warpgeschwindigkeit beschleunigen, um den Nebel zu verlassen, ohne getötet zu werden. Durch den Anblick des gewaltigen Transwarp-Zentrums verlor ihr Sieg über zwei Borg-Würfel rasch an Bedeutung. Wenn die Borg sechs dieser kolossalen Anlagen in der Galaxis hatten, so stand die Niederlage der

Föderation bereits fest – sie war nur noch eine Frage der Zeit.

Im astrometrischen Labor herrschte eine sehr ernste Stimmung, als Seven die aufgezeichneten Daten kommentierte. Das große Projektionsfeld zeigte das Transwarp-Zentrum – eine Darstellung, die Sorge und Niedergeschlagenheit bewirkte.

Die Admiralin wartete im Hintergrund, mit verschränkten Armen. Zorn brodelte in ihr.

Janeway scherte sich nicht darum. Ihr kam es in erster Linie darauf an, einen vollständigen Eindruck von der Situation zu gewinnen.

Seven musste die Vergrößerung sechsmal reduzieren, bevor der große Kuppelschirm imstande war, die ganze Borg-Anlage zu zeigen.

»Das Zentrum ist mit Tausenden von Transwarp-Tunneln verbunden, die in allen vier Quadranten enden«, erklärte Seven. »Dies erlaubt dem Kollektiv, innerhalb weniger Minuten Schiffe in jeden beliebigen Bereich der Galaxis zu bringen.«

Dieser Hinweis bereitete allen Kummer, abgesehen vielleicht von Tuvok, der sich als Vulkanier keinen Emotionen hingab, und Admiral Janeway.

»Von allen taktischen Vorteilen der Borg könnte dies der wichtigste sein«, sagte Tuvok.

»Kein Wunder, dass uns die Borg-Königin vom Nebel fern halten wollte«, meinte Chakotay.

»Wie zerstören wir die Anlage?«, fragte Janeway.

Sie schockierte die anderen mit dieser Frage, aber das war ihr gleich. Ihre Worte beschrieben eine *gewaltige* Mission. Na und? Dazu war die *Voyager* doch da, oder?

Die Admiralin reagierte, aber Janeway schenkte ihr keine Beachtung. Es war ihr gleich, ob ihr die Idee gefiel oder nicht.

Seven betätigte Schaltelemente. Das Bild wechselte,

zeigte eine der Hightech-Streben aus der Nähe. »Zahlreiche Interraum-Verteilerkomponenten stabilisieren die Struktur. Rein theoretisch müsste es zu einem Kollaps des Transwarp-Zentrums kommen, wenn wir genügend von ihnen außer Funktion setzen.«

Oh, das klang *wirklich* zu leicht. Aber es klang auch möglich. Tausend Fragen begleiteten die Erklärung und eine der wichtigsten lautete: Warum hatte vor ihnen noch niemand versucht, das Ding zu zerstören?

Nun, vielleicht hatten Versuche stattgefunden – ohne Erfolg.

»Dies ist Zeitverschwendung«, erklang die Stimme der Admiralin hinter Janeway und den anderen. »Die Abschirmung der Streben wird vom zentralen Nexus aus kontrolliert, von der Königin höchstpersönlich. Vielleicht sind Sie in der Lage, eine oder zwei zu beschädigen, doch wenn Sie sich die dritte vornehmen, gibt es bereits eine Anpassung.«

Captain Janeway war verärgert, machte aber nicht den Fehler, wichtige Informationen zu ignorieren. »Vielleicht gibt es eine Möglichkeit, mehrere Verteilerkomponenten gleichzeitig zu zerstören.«

»Von wo aus? Vom *Innern* des Transwarp-Zentrums? Man würde die *Voyager* wie ein lästiges Insekt zerquetschen.«

Chakotay ergriff das Wort, bevor Janeway antworten konnte. »Wie wäre es, wenn wir den Tunnel zum Alpha-Quadranten nehmen und dann versuchen, die Anlage von dort aus zu vernichten?«

»Das Zentrum befindet sich hier«, sagte die Admiralin kategorisch. »Im Alpha-Quadranten gibt es nur Tunnelöffnungen. Während Sie hier herumstehen und über taktische Szenarien phantasieren, analysiert die Königin ihre Scans unserer Panzerung und der Waffen. Wahrscheinlich ist das ganze Kollektiv damit beschäftigt, nach Neutralisierungsmöglichkeiten zu suchen.

Fliegen Sie in den Nebel zurück und nach Hause, bevor es zu spät ist.«

Bevor sie noch etwas hinzufügen konnte, streckte Janeway die Hand aus und griff nach dem Arm ihres älteren Selbst. »Finden Sie eine Möglichkeit, das Transwarp-Zentrum zu zerstören«, wies sie Chakotay, Seven und Tuvok an. Und an die Admiralin gerichtet fügte sie hinzu: »Machen wir einen kleinen Spaziergang.«

»Ich möchte wissen, warum du mir nichts davon gesagt hast«, fragte Janeway und ging wieder zum Du über.

Äußerlich reagierte Admiral Janeway nicht auf die Frage. Sie blieb einfach nur an Janeways Seite, als sie das astrometrische Labor verließen. Seven und die anderen blieben mit einer schwierigen Aufgabe zurück.

»Weil ich mich daran erinnere, wie stur und selbstgerecht ich gewesen bin«, erwiderte die Admiralin. »Deshalb habe ich befürchtet, du könntest auf dumme Gedanken kommen.«

»Wir haben die Möglichkeit, den Borg einen sehr empfindlichen Schlag zu versetzen«, sagte Janeway scharf. »Damit könnten wir Milliarden Leben retten!«

»Ich habe die letzten zehn Jahre nicht deshalb nach einer Möglichkeit gesucht, die Crew dieses Schiffes eher nach Hause zu bringen, damit du diese Chance durch eine selbstaufopfernde Mission vergeudest.«

Janeway blieb stehen und wandte sich voller Abscheu ihrem älteren Selbst zu. Diese Frau schien vergessen zu haben, warum anständige Leute Raumschiffe bauten – und warum nur eine Hand voll von ihnen das Kommando über sie bekam.

»Vielleicht sollten wir zur Krankenstation zurückkehren«, sagte sie rau.

»Warum? Damit du mich dort betäuben kannst?«

»Ich würde den Doktor gern bitten, mir noch einmal deine Identität zu bestätigen. Ich kann einfach nicht glauben, dass ich jemals so zynisch werde wie du.«

Die Admiralin ließ sich davon nicht beleidigen. »Bin ich die einzige, die hier ein Déjà-vu erlebt?«

»Wie meinst du das?«

»Vor sieben Jahren hättest du mit Hilfe der Phalanx des Beschützers in den Alpha-Quadranten zurückkehren können. Aber du hast sie zerstört.«

Janeway wich einen Schritt zurück. Musste sie ihre Gründe wirklich erklären? Musste sie diese arme Seele daran erinnern, dass die Pflicht des Captains vor allem darin bestand, das größere Ziel im Auge zu behalten und dass alle Mitglieder der Crew geschworen hatten, ihr Leben dem Wohl derjenigen zu opfern, die sie mit so großer Macht und Autorität ausgestattet hatten? Hatte die Admiralin vergessen, dass ein Raumschiff kein Spielzeug war, mit dem man nach Belieben verfahren konnte?

»Ich habe getan, was ich für richtig hielt«, erwiderte sie.

»Du hast dem Leben von Fremden größere Bedeutung beigemessen als dem deiner Crew«, sagte die Admiralin. »Diesen Fehler darfst du nicht wiederholen.«

Janeway konnte nicht fassen, dass diese Worte von ihr stammten, von einer sechsundzwanzig Jahre älteren Janeway. Das Leben von Fremden? Was sollte das heißen? Kein Raumschiff existierte *nur* deshalb, um das Leben der Personen an Bord zu schützen!

Sie presste die Lippen aufeinander und widerstand der Versuchung, ihrem älteren Selbst eine Ohrfeige zu versetzen. »Du hast die *Voyager* nach Hause gebracht«, sagte sie. »Das bedeutet, mir wird es ebenfalls gelingen, auch wenn es noch einige Jahre dauert …«

»Seven of Nine wird sterben.«

»Was?«

»In drei Jahren. Sie wird bei einem Außeneinsatz verletzt, schafft es aber zurück an Bord der *Voyager* und stirbt in den Armen ihres Mannes.«

»Ihre Mannes?«

»Chakotay.«

Janeways innere Welt geriet in Aufruhr. Erfand die Admiralin dies alles, um sie umzustimmen? Diese Frau war gerissen – das wusste sie nur zu gut.

Doch ein besonderer Glanz in den Augen der älteren Janeway wies darauf hin, dass sie die Wahrheit sagte. »Er wird nie über Sevens Tod hinwegkommen. Und du auch nicht.«

Janeway versuchte, diese Hinweise zu verarbeiten. Sie war verpflichtet, ihren Eid zu achten: Das Leben eines einzelnen Besatzungsmitglieds musste der primären Mission des Schiffes untergeordnet bleiben. Es ging darum, Leben und Frieden zu schützen, Stabilität in einem viel größeren Maßstab zu sichern.

»Wenn ich weiß, was passieren wird …«, sagte sie langsam. »Dann kann ich dafür sorgen, dass es nicht dazu kommt.«

»Seven ist nicht das einzige Opfer«, konterte die Admiralin. »Von heute an bis zur Rückkehr in den Alpha-Quadranten habe ich zweiundzwanzig Besatzungsmitglieder verloren. Und dann ist da noch Tuvok.«

»Was ist mit ihm?«, fragte Janeway besorgt.

Die Admiralin verlagerte ihr Gewicht vom einen Bein aufs andere. »Du vergisst die Temporale Erste Direktive …«

»Zum Teufel damit!«

»Na schön. Tuvok leidet an einer degenerativen neurologischen Krankheit, von der er dir noch nichts erzählt hat.«

Wie viele Tiefschläge konnte man einstecken?

»Im Alpha-Quadranten ist eine Heilung möglich«, fuhr die Admiralin fort. »Selbst wenn du den Kurs der

Voyager änderst und die Kontakte mit fremden Spezies auf ein Minimum beschränkst – du wirst Besatzungsmitglieder verlieren. Aber ich biete dir die Möglichkeit, sie alle sicher heimzubringen – noch heute! Willst du wirklich auf eine solche Chance verzichten?«

15

»Ich weiß Ihre Besorgnis zu schätzen, Captain, aber sie kommt zu früh. Erst in einigen Jahren werden die Symptome bedrohlich. Bis dahin kann der Doktor meinen Zustand mit Hilfe spezieller Medikamente stabilisieren.«

Kathryn Janeway vernahm Tuvoks höfliche Worte und blieb skeptisch. Der Vulkanier neigte nicht zu irgendwelchen Täuschungsmanövern, aber es kam schon einer Art Lüge gleich, dass er seine Krankheit vor ihr verborgen hatte. Janeway wusste, dass er dabei in erster Linie an sie dachte, nicht an sich selbst. Immerhin konnte sie ihn wohl kaum aus medizinischen Gründen in den vorzeitigen Ruhestand versetzen.

»Hat die Admiralin Recht?«, fragte sie. »Ist im Alpha-Quadranten die Heilung möglich?«

Es schien Tuvok nicht zu behagen, dass Janeway darüber Bescheid wusste. »Man nennt den Vorgang *Fal-tor-voh*. Und er erfordert die Mentalverschmelzung mit einem anderen Vulkanier.«

»Was ist mit den anderen Vulkaniern an Bord der *Voyager*?« Janeway stellte diese Frage, obwohl sie sich eigentlich erübrigte. Tuvok hatte bestimmt an diese Möglichkeit gedacht.

»Keiner von ihnen ist kompatibel«, erwiderte er.

»Im Gegensatz zu Angehörigen Ihrer Familie«, sagte Janeway. »Wenn Sie wissen, dass Ihnen nur die Rückkehr in den Alpha-Quadranten eine Aussicht auf Heilung bietet – warum haben Sie dann keine Einwände erhoben, als ich Sie aufforderte, nach einer Möglichkeit für die Zerstörung des Transwarp-Zentrums zu suchen?«

Es kam fast einer Beleidigung gleich, ihn so etwas zu fragen. Im Gegensatz zu Admiral Janeway war Tuvok noch immer an erster Stelle Starfleet-Offizier und erst danach Mitglied einer Adoptivfamilie.

»Meine Logik ist noch nicht beeinträchtigt«, sagte er. Offenbar hatte er sein eigenes Wohlergehen nie dem Leben unschuldiger Borg-Opfer gegenübergestellt – und das war auch richtig so. »Wenn wir Erfolg haben, retten wir Milliarden von Personen das Leben.«

Für einige Sekunden dachte Janeway nicht an das Schiff, die Crew und den Rest des Universums. »Was ist mit Ihrem Leben?«

Tuvok wählte eine besonders ehrenvolle Antwort. »Um Botschafter Spock zu zitieren: ›Das Wohl der Vielen hat Vorrang vor dem Wohl der Wenigen.‹«

Dies war eine wichtige Lektion, die Janeway fast vergessen hätte. Ja, im Alpha-Quadranten gab es große Verlockungen, früher oder später, aber sie waren keine Kinder, die sich im Wald verloren hatten und nur an sich selbst denken durften. Plötzlich schämte sie sich für Admiral Janeway und bedauerte, dass die Crew jene Frau kennen gelernt hatte, zu der sie geworden war.

Zu der sie geworden *wäre*. Sie konnte die Zukunft ändern. Wenn Admiral Janeway für den Rest ihres Lebens an Bord der *Voyager* blieb, so wurden sie und *Captain* Janeway zu zwei unterschiedlichen Personen. *Dann muss ich nicht so werden wie sie*, dachte die Kommandantin. *Nein, ich werde nicht zulassen, dass ich mich in eine solche Frau verwandle. Ich bewundere sie nicht. Sie verfügt über besonderes Wissen, aber sie hat vergessen, warum intelligente Wesen nach Wissen streben und wie sie damit verfahren.*

Sie sah Tuvok an und schwor sich, ihn als Beispiel für die noch ungeschriebene Zukunft der *Voyager* zu nehmen.

»Ich weiß Ihre Offenheit zu schätzen, Admiral, aber Captain Janeway ist mein vorgesetzter Offizier. Ich werde ihr gegenüber nicht ungehorsam sein.«

Seven of Nine nahm die Neuigkeiten mit fast dem gleichen Abscheu entgegen wie den Vorschlag der Admiralin. Den Captain verraten?

»Darum bitte ich Sie nicht«, sagte die Admiralin und folgte Seven zur frei stehenden Konsole. »Ich möchte nur, dass Sie Captain Janeway Ihre Meinung mitteilen. Sagen Sie ihr, dass die Zerstörung des Transwarp-Zentrums Ihrer Ansicht nach zu riskant ist, dass ein zu hoher Preis damit verbunden wäre ...«

»Das kann ich nicht.«

Die Admiralin streckte die Hand aus. »Selbst wenn sich dadurch die Konsequenzen vermeiden ließen, die ich Ihnen geschildert habe?«

Seven verdrängte ein sehr menschliches Gefühl der Verletzlichkeit. »Ich kenne jetzt die Konsequenzen und dadurch kann ich Gegenmaßnahmen treffen. Aber selbst wenn sie sich nicht vermeiden ließen – mein Tod wäre ein kleiner Preis für die Zerstörung des Transwarp-Netzwerks.«

Die Admiralin sah ihr bei der Arbeit zu und beobachtete, wie sich Seven ganz auf das Vorgehen konzentrierte, das den Wünschen der jüngeren Janeway entsprach. Damit opferte sie die Chance auf ein langes Leben mit Chakotay – so eine seltsame und wundervolle Möglichkeit! Seven war nicht so sehr wie Tuvok daran gewöhnt, auch in kritischen Situationen an Logik festzuhalten, aber sie versuchte es.

»Ich habe Sie lange gekannt, Seven«, sagte die Admiralin. »Länger als Sie sich selbst. In der Zerstörung des Netzwerks sehen Sie eine Möglichkeit, für die Grausamkeiten zu büßen, an denen Sie als Drohne teilgenommen haben.«

Seven versteifte sich. Ihre Nerven schienen plötzlich

von innen heraus zu brennen. Als Borg war sie tatsächlich an grauenhaften Dingen beteiligt gewesen, an Verbrechen gegen das Leben, gegen Freiheit und Unabhängigkeit, gegen Liebe und Vielfalt. Die Gedanken an Sühne waren immer sehr privater Natur gewesen, verborgen hinter der Suche nach Individualität. Aber ihre Existenz ließ sich nicht leugnen.

Sprach man in diesem Zusammenhang nicht auch von Vergeltung?

Vielleicht ging es um mehr als nur Vergeltung. Seven schuldete der Galaxis etwas.

»Es wird Zeit, dass Sie Ihre Vergangenheit ruhen lassen und an die Zukunft denken«, fügte die Admiralin hinzu.

»Meine Zukunft ist unbedeutend im Vergleich mit den Leben der Personen, die wir retten«, erwiderte Seven.

»Sie sind egoistisch.«

»Egoistisch? Mir geht es darum, anderen zu helfen ...«

»Fremden. In einem hypothetischen Szenario. Ich spreche von echtem Leben! Von Ihren Kollegen, ihren Freunden ... Von Leuten, die Sie schätzen! Stellen Sie sich vor, welche Wirkung Ihr Tod auf sie hätte!«

Seven zögerte und blickte in die Augen der älteren Janeway, in die Augen einer *Fremden*. Wenn solche Wahlmöglichkeiten und Entscheidungen Teil des menschlichen Wesens waren, so hatte sie ein neues Niveau erreicht.

»Bitte entschuldigen Sie, Admiral«, sagte sie. »Ich muss meine Arbeit fortsetzen.«

Im Anschluss an diese Worte schwieg Seven. Sie hatte ihren philosophischen Standpunkt dargelegt und wartete nun darauf, dass die Admiralin das Labor verließ.

Als sie wieder allein war, widmete sich Seven einer Aufgabe, die Selbstaufopferung von ihr verlangte. Sie dachte an ganze Völker, für deren Fortbestand es notwendig war, dass sie über sich selbst hinauswuchs.

Sie spürte Stolz. Furcht und Stolz. Eine starke, nützliche Mischung.

Alle befürworteten den Plan des Captains, bis hin zum letzten Besatzungsmitglied. Selbst B'Elanna und Tom Paris, die bald Eltern werden sollten, waren bereit, sich zu opfern, zum Wohle einer Galaxis, die dringend Helden brauchte.

Im Schatten der verärgerten und enttäuschten Admiralin wurde Captain Janeway immer stolzer. Sie wusste, dass ihr älteres Selbst versuchte hatte, Crewmitglieder umzustimmen, und sie kannte auch die Antworten.

Im Konferenzzimmer herrschte ein Durcheinander aus Kaffeetassen, Wassergläsern, Handcomputern und Personen. Sie hatten alle Möglichkeiten analysiert und sich dann geeinigt, wie eine Gruppe von Chirurgen, die gemeinsam einen Patienten operieren wollte.

Janeway saß neben Chakotay. Außerdem hatten Paris, B'Elanna, Kim, der Doktor, Tuvok und Seven am Tisch Platz genommen. Admiral Janeway wahrte einen gewissen Abstand zu den anderen. Der Monitor zeigte ein Bild des Transwarp-Zentrums – selbst in dieser extrem verkleinerten Darstellung wirkte es monströs.

»Sobald wir im Innern sind, feuern wir einen Schwarm Transphasen-Torpedos ab«, sagte Tuvok.

»Sie sind darauf programmiert, gleichzeitig zu explodieren«, fügte Seven hinzu.

»Wenn die Torpedos die Abschirmung durchdringen, sollten die Tunnel in einer Kettenreaktion kollabieren.«

Janeway atmete tief durch und versuchte, ihre Gedanken zu ordnen. Eine lange Besprechung nach einem anstrengenden Tag lag hinter ihnen. Sie wünschte sich, dass eine Person alles zusammenfasste – das verbale Hin und Her setzte sie zusätzlichem Stress aus. Wie seltsam: Sie konnten den Angriff auf das Transwarp-Zentrum nur mit Hilfe der Technik durchführen, die ihr älteres Selbst aus der Zukunft mitgebracht hatte, und ein derartiger Einsatz widersprach den Absichten der Admiralin.

»Wir müssen die Anlage in weniger als zehn Sekunden verlassen, um der Schockwelle zu entgehen«, sagte Tuvok, als der Bildschirm den simulierten Kollaps des Zentrums zeigte.

Was musste sonst noch gesagt werden? Vielleicht ließ sich der Plan mit Erfolg durchführen. Wenn nicht ... Dann waren es ihre ruhmreichen letzten Minuten. Dann starb ihre Legende mit ihnen und niemand würde jemals erfahren, was zum Ende der *Voyager* und ihrer Crew geführt hatte.

Milliarden von Leben. Ganze Völker, die sich entwickelten und nicht ahnten, dass sie Futter für die Borg waren. Wenn der alles umfassende Assimilierungsprozess so weiterging wie bisher, gab es in der Galaxis irgendwann nur noch Lebensformen, die zum Kollektiv gehörten. Nun, in dem Fall existierte auch der Tod im klassischen Sinn nicht mehr. Aber für richtiges Leben gab es dann keinen Platz, ebenso wenig für Liebe, Ehrgeiz, dem Streben nach Verbesserung, für Fehler und die Fähigkeit, aus ihnen zu lernen, für neue Größe und neue Träume.

War es die Sache wert?

Janeway schloss die Hände um die Armlehnen ihres Sessels. »Vor langer Zeit«, begann sie ernst, »habe ich eine Entscheidung getroffen, die uns im Delta-Quadranten stranden ließ. Ich bereue sie nicht. Aber damals kannte ich Sie nicht alle und die *Voyager* war nur ein Raumschiff. Heute ist sie viel mehr: unser Zuhause.«

Sie zögerte, um festzustellen, wie diese Worte auf ihre Zuhörer wirkten. Tuvok zeigte die einzige Reaktion: Er wölbte die Braue bei dem Ausdruck ›nur ein Raumschiff‹.

Vielleicht sollte sie damit aufhören, die anderen zu ködern.

»Ich weiß, dass ich Ihnen befehlen könnte, diesen Plan auszuführen«, fuhr Janeway fort und ihre Stimme klang dabei sanfter. »Niemand von Ihnen würde auch nur für eine Sekunde zögern. Aber ich erteile Ihnen keine derartigen Anweisungen. Sie kennen die Besatzungsmitglieder, die in Ihren Abteilungen arbeiten, und Sie hören die Stimme Ihres Herzens. Wir beginnen nur dann mit dieser Aktion, wenn alle Anwesenden einverstanden sind. Niemand wird Sie weniger respektieren, wenn Sie Einwände erheben.«

Wem machte sie etwas vor? Sich selbst? Vielleicht. Den anderen? Nein – sie wussten, dass es nur eine Antwort geben konnte. Eigentlich war dies nur eine Show, die der Admiralin galt. Damit *sie* sich nie wieder einmischte.

»Captain?«, fragte Harry Kim. Vielleicht verstand er nicht ganz, worum es Janeway ging.

Nein, er bemerkte das subtile Spiel nicht. Janeway bewunderte seine Unschuld und musterte den jungen Mann. In seinem jungenhaften Gesicht und den arglosen Augen sah sie Myriaden Seelen, deren Zukunft von ihnen abhing.

»Nur zu, Harry«, sagte sie.

Kim zögerte und suchte nach den richtigen Worten. »Ich glaube, ich kann sagen, dass sich niemand mehr als ich eine Heimkehr gewünscht hat. Aber wenn ich daran denke, was wir gemeinsam durchgemacht haben … Vielleicht kommt es nicht auf das Ziel an, sondern auf den Weg.« Er zögerte erneut und sah die Anwesenden der Reihe nach an. »Ich kann mir keinen besseren Ort vorstellen, an dem ich sein möchte. Und zweifellos gibt es keine bessere Gesellschaft.«

Seien Worte hingen einige Sekunden lang in der Luft und dann hob Tom Paris seine Kaffeetasse.

»Auf den Weg«, sagte er.

Die anderen hoben ebenfalls ihre Gläser oder Tassen und wiederholten diesen ganz besonderen Trinkspruch, der Solidarität zum Ausdruck brachte. Die Admiralin und die Borg spielten in diesem Zusammenhang überhaupt keine Rolle mehr.

Dienstfrei, bei Alarmstufe Rot. Das eine schloss das andere aus. Niemand hatte dienstfrei, solange Alarmstufe Rot herrschte, aber Captain Janeway stand allein in der Offiziersmesse, in der Nähe des Fensters. Sie trank Kaffee, blickte dabei aufs Display eines Handcomputers. Dies war die zehnte Tasse in zwei Stunden. Entweder hatte sie irgendwann genug oder sie verbrauchte den ganzen Vorrat. Vielleicht war das der Grund dafür, warum sie das Kaffeetrinken schließlich aufgab – weil kein Kaffee mehr da war.

»Kaffee, schwarz.«

Janeway drehte sich um, als sie ihre eigene Stimme hörte. Ihr Blick fiel auf die Admiralin – wann hatte ihr älteres Selbst die Offiziersmesse betreten?

Ein Tasse erschien im Ausgabefach des Replikators. Die Admiralin griff danach und näherte sich.

»Ich dachte, du hättest es aufgegeben«, kommentierte Janeway.

Die Admiralin zuckte auf sehr vertraute Weise mit den Schultern. »Ich habe beschlossen, zu einigen meiner alten Angewohnheiten zurückzukehren.«

»Ach? Und welche sind damit gemeint, abgesehen vom Kaffeetrinken?«

In Admiral Janeways Augen funkelte es. »Nun, früher bin ich idealistischer gewesen und viele Risiken eingegangen.«

Worauf wollte sie hinaus? Janeway schwieg ganz bewusst, um ihrem älteren Selbst Gelegenheit zu einer Erklärung zu geben.

»Über viele Jahre hinweg bin ich ganz darauf konzentriert gewesen, meine Crew nach Hause zu bringen«, fuhr die Admiralin in einem bedauernden Tonfall fort.

»Dabei habe ich vergessen, wie viel den Besatzungsmitgliedern daran lag, zusammen zu sein. Und ich vergaß, wie loyal sie … dir gegenüber waren.« Sie ging einige Schritte, legte sich dabei neue Worte zurecht. »Ich habe einige Tage gebraucht, um zu begreifen, dass dies dein Schiff ist, deine Crew. Nicht meine. Es war falsch zu glauben, dich von etwas abbringen zu können, zu dem du dich bereits entschlossen hattest …«

Janeway unterbrach ihr älteres Selbst mit einer Plattitüde, denn eigentlich wollte sie gar nichts mehr hören. »Du hast dabei vor allem an unser Wohl gedacht.«

»Inzwischen habe ich meine Meinung geändert«, sagte die Admiralin. »Und ich möchte dir bei deiner Mission helfen. Vielleicht können wir beide zusammen die Erfolgsaussichten erhöhen.«

Janeway starrte die Admiralin groß an, ohne zu blinzeln, bis ihre Augen brannten. Konnte es so einfach sein? Ich hab's mir anders überlegt und bin jetzt auf deiner Seite?

Oder wirkten sich Verhalten und Hingabe der Crew so nachhaltig auf eine Person aus, deren eigensinnige Sturheit bei grundsätzlichen Dingen Janeway nur zu gut kannte?

Janeway sah ihrem älteren Selbst in die Augen, konnte den Glanz darin aber nicht deuten. Es gab noch immer die Möglichkeit der Manipulation. Auch deshalb wollte sie vorsichtig sein und nicht zu schnell vertrauen. Sie schuldete es allen Beteiligten, argwöhnisch zu sein und nichts zu überstürzen, nur weil die Admiralin plötzlich beschlossen hatte, nett zu sein.

Warum der Konflikt zwischen ihnen? Warum die Konfrontation, bei der es um Autorität und Willenskraft ging? Etwas war falsch daran – es musste eine andere Möglichkeit geben. Ein Captain mit einem so mächtigen Schiff, mit einer so fähigen Crew … Es musste etwas geben, das sie bisher übersehen hatte.

Zum ersten Mal zog sie etwas in Erwägung, das bisher von ihr beiseite geschoben worden war, um der Sicherheit der Crew willen.

»Vielleicht ist mehr möglich. Vielleicht lässt sich beides bewerkstelligen.«

Die Admiralin verzog das Gesicht. »Wir können nicht das Transwarp-Zentrum zerstören *und* die *Voyager* nach Hause bringen.«

»Bist du da absolut sicher?«

Ganz offensichtlich hatte die Admiralin noch nicht daran gedacht. Sie war zu sehr auf die Heimkehr der *Voyager* konzentriert gewesen, um Alternativen zu berücksichtigen. Jetzt überlegte sie.

»Nun, es gibt da eine Möglichkeit«, sagte sie leise. »Ich habe einmal darüber nachgedacht, ihr dann aber keine Beachtung mehr geschenkt, weil sie mir zu riskant erschien.«

Zum ersten Mal verstanden sich die beiden Janeways.

Die Kommandantin lächelte. »Aber inzwischen bist du zu deinen alten Angewohnheiten zurückgekehrt.«

Die Admiralin erwiderte das Lächeln und trank einen Schluck. »Ich weiß gar nicht, warum ich dies aufgegeben habe.«

Admiral Janeway blickte auf die Navigationsanzeigen des Shuttles, als sich ihr jüngeres Selbst mit einem Injektor näherte. Riskant? Dies war mehr als nur riskant. Aber sie hatten sich entschlossen und jetzt gab es kein Zurück mehr.

»Es wurde auch Zeit.« Sie musterte die Kommandantin der *Voyager* und bemerkte in den Augenwinkeln die Andeutungen von Falten, die ihr inzwischen vertraut geworden waren. »Ich werde nicht jünger, weißt du.«

Janeway justierte das Gerät, verabreichte der Admiralin eine Injektion und fragte dabei: »Willst du dich wirklich darauf einlassen?«

»Nein, eigentlich nicht. Aber die *Voyager* ist für uns beide nicht groß genug.«

Die verrückte Entscheidung war getroffen und dadurch fiel das Scherzen leichter.

Gewisse Dinge spielten jetzt keine Rolle mehr. Wenn es Captain Janeway gelang, mit der *Voyager* den Alpha-Quadranten zu erreichen, so existierte die Admiralin überhaupt nicht, weil es zu einer ganz anderen Zukunft kam. Wenn sie erfolglos blieb … Nun, dann würden sie alle in der Zukunft nicht existieren. Es gab also keinen Grund, *nicht* aufzubrechen.

Captain Janeway sah sie an. »Viel Glück, Admiral.«

»Dir auch«, erwiderte die Admiralin sofort. »Captain …«, fügte sie hinzu. »Es freut mich, dich noch einmal kennen gelernt zu haben.«

Captain Janeway stand einfach auf und ging. Es gab nichts mehr zu sagen.

Die Admiralin war froh darüber. Genug der Worte. Sie startete, verließ den Hangar der *Voyager* mit einem wehmütigen Gefühl und leitete sofort den Warptransfer ein. Ihr Ziel: der Borg-Nebel mit dem Transwarp-Zentrum. Sie würde eine Schwelle übertreten und von den Bildschirmen des Raumschiffs verschwinden.

Es wurde Zeit, zu leben oder zu sterben – oder vielleicht beides.

16

Chakotay eilte ins astrometrische Labor und fühlte sich von sonderbarer Erleichterung durchströmt, als er Seven bei der Arbeit sah. Dieser Anblick war zu einer Art Ikone für ihn geworden. Wenn es in seinen Gedanken eine Art mentale Statue von ihr gab, so zeigte sie Seven an der Konsole, der Körper straff, das Haar glänzend, den Blick auf die Anzeigen gerichtet, lange Finger, die wie eigenständige Wesen über die Kontrollen huschten.

Sevens Haltung brachte eine gewisse Anspannung zum Ausdruck, die sich auch bei den anderen Besatzungsmitgliedern beobachten ließ. Admiral Janeway hatte ihnen die Chance zu einer ganz anderen Zukunft gegeben und war inzwischen im Transwarp-Zentrum verschwunden.

»Irgendeine Nachricht von der Admiralin?«

Seven schüttelte steif den Kopf. »Wir haben den Kontakt verloren, als sie das Zentrum erreichte«, sagte sie förmlich.

Es fehlte nur das *Sir*.

Chakotay versuchte es noch einmal. »Haben die Borg ihr irgendwelche Probleme bereitet?«

»Ihr Shuttle wurde von mehreren Würfeln gescannt, aber keiner näherte sich, Sir.«

Da war es, das Wort, das Distanz zwischen ihnen schuf. Chakotay versuchte, locker zu klingen, als er fragte: »Sind wir heute ganz professionell?«

»Ja, Commander.«

Er lächelte, wurde aber fast sofort wieder ernst. Seven sah ihn nicht einmal an.

»Du erlaubst dir keinen Scherz, oder?«

»Nein.«

Seven trat von ihm fort und ging zu einer anderen Konsole, obwohl das überhaupt nicht nötig war.

Chakotay folgte ihr. »He, was ist los?«

»Nichts. Ich bin beschäftigt.«

»Ich glaube, inzwischen kenne ich dich ein bisschen besser«, sagte er, doch Sevens Gesichtsausdruck blieb unverändert.

»Es wäre mir lieber, wenn Sie nicht so mit mir sprechen würden, als gäbe es eine intime Beziehung zwischen uns.«

Ärger erfasste Chakotay. »Aber es *gibt* eine intime Beziehung zwischen uns!«

»Jetzt nicht mehr.«

»Was hat das zu bedeuten, zum Teufel?«, entfuhr es Chakotay.

Seven mied noch immer seinen Blick. »Ich habe beschlossen, die Parameter unserer Beziehung zu verändern.«

»Und aus welchem Grund, wenn ich fragen darf?«

»Wir gehen beide gefährlichen Beschäftigungen nach«, sagte Seven und jedes einzelne Wort klang gezwungen. »Einer von uns könnte verletzt oder gar getötet werden. Deshalb halte ich es für besser, emotionales Engagement zu vermeiden.«

Bestimmt steckte die verdammte Admiralin dahinter.

Chakotay holte tief Luft. »Du kannst vielleicht irgendeinen Borg-Schalter betätigen und deine Gefühle abschalten, aber ich bin dazu nicht imstande.«

Daraufhin wandte sich ihm Seven zu. »Sie sollten es versuchen. Dann haben Sie es nicht so schwer, falls mir etwas zustößt.«

Dieser Hinweis bestätigte einen Verdacht Chakotays. »Warum bist du in dieser Hinsicht plötzlich so besorgt? Gibt es etwas, das ich wissen sollte?«

Vielleicht sah sie in seinen Augen, dass er etwas ahnte und nicht dumm genug war, um die Veränderungen seit dem Erscheinen der Admiralin zu übersehen. Sie schickten sich an, die Zukunft zu verändern. Und Admiral Janeway hatte mit bestimmten Besatzungsmitgliedern gesprochen.

»Die Admiralin hat mir mitgeteilt …« Seven zögerte, als Chakotay mit den Augen rollte. »… dass Sie irgendwann einmal aufgrund Ihrer Gefühle für mich leiden werden. So etwas kann ich nicht zulassen.«

Er griff so nach ihrem Arm, als wollte er sie beide in der Gegenwart verankern. »Bei allen Beziehungen gibt es Risiken, Seven, und niemand kann garantieren, was morgen geschehen wird. Nicht einmal ein Admiral aus der Zukunft.«

Alles in ihm drängte danach, mit einer Erklärung zu beginnen und darauf hinzuweisen, dass die Zukunft durch den Besuch der Admiralin an Bord der *Voyager* nachhaltig geändert worden war. Allein ihre Existenz berichtete ihnen von Dingen, über die sie eigentlich nicht Bescheid wissen sollten. Alles würde sich anders entwickeln, ob es ihnen gefiel oder nicht, und das bedeutete: Nichts war mehr in Stein gemeißelt. Die Zukunft der Admiralin würde in der ihr bekannten Form nie existieren.

Und außerdem befand sie sich gar nicht mehr an Bord! Admiral Janeway war fort und sie blieben allein zurück, konnten sich gegenseitig helfen.

»Meine einzige Gewissheit besteht aus den Gefühlen, die wir einander entgegenbringen«, sagte Chakotay. »Wenn du glaubst, dass ich dies alles aufgebe, nur weil in der Zukunft etwas passieren *könnte*, so kennst du mich nicht richtig.«

Er streckte die Hand aus, eine harmlose Geste, die Bereitschaft verkündete.

Langsam kamen Sevens Finger mit den Borg-Implantaten nach oben und berührten die Chakotays. Gemeinsam überwanden sie Drohungen und Warnungen, Ängste und Heimsuchungen, geschaffen von einer Frau, die von Fremden sprach und selbst eine war.

Für Seven und Chakotay gab es an diesem Tag nur eine Zukunft und sie glänzte in ihren Augen. Es war eine Zukunft, für die sie kämpfen wollten.

»Wenn Sie noch einmal ›Entspannen Sie sich‹ sagen, reiße ich Ihnen den verdammten holographischen *Kopf ab*!«

Die melodische Stimme von Tom Paris' lieblicher Frau war auch im Korridor außerhalb der Krankenstation zu hören. Rasch betrat Paris die medizinische Abteilung und vernahm die Antwort des Doktors.

»Hoffentlich beabsichtigen Sie nicht, Ihr Kind mit diesem aggressiven Mundwerk zu küssen.«

Paris eilte um die Trennwand herum und rechnete damit, den Doktor in Bedrängnis zu sehen. »Sagen Sie mir nicht, dass dies wieder ein falscher Alarm ist.«

Der Holo-Arzt sah auf. »Dies ist kein weiterer falscher Alarm.«

B'Elanna lag auf einer Pritsche, auf die Ellenbogen gestützt, und litt ganz offensichtlich. Sie biss die Zähne zusammen und schnitt eine Grimasse. Alle Muskeln in ihrem Leib schienen gespannt zu sein. Es war soweit.

»Ich glaube es nicht«, brachte Paris hervor.

B'Elanna blickte zu ihm empor und stöhnte. »Glaub es!«

»Ich könnte tatsächlich gewinnen …«

»WAS?«

»Die Wette um den Zeitpunkt der Geburt. Ich habe auf heute getippt, fünfzehn Uhr Bordzeit …«

B'Elanna ließ den Kopf aufs Polster sinken und schnappte nach Luft. »Freut mich, dass ich dir gefällig sein kann.«

Der Doktor trat an die andere Seite des Bettes heran, mit einem Tablett, auf dem recht unangenehm aussehende medizinische Instrumente lagen.

»An Ihrer Stelle würde ich noch nicht feiern«, mahnte er. »Manchmal dauern klingonische Wehen tagelang ...« Er unterbrach sich, als er B'Elannas bitterbösen Blick bemerkte, fügte dann hinzu: »Aber ich bin sicher, das wird hier nicht der Fall sein.«

»Brücke an Lieutenant Paris«, ertönte es aus dem Kom-Lautsprecher. »Wir können uns auf den Weg machen.«

O nein, nicht ausgerechnet jetzt! Von einem Augenblick zum anderen begriff Paris, dass es keine gute Idee war, Familien an Bord von Raumschiffen zu gründen. Es konnte sehr gefährlich werden, wenn ein Besatzungsmitglied seine Aufmerksamkeit teilen musste. An Bord eines Raumschiffs forderten emotionale Ablenkung und unklare Prioritäten Katastrophen geradezu heraus. Paris war der beste Pilot. Niemand konnte die *Voyager* so gut fliegen wie er, nicht einmal Captain Janeway oder Chakotay. Sollte er bei B'Elanna bleiben, die sich nun anschickte, ihre Tochter zu gebären? Oder bestand seine Pflicht darin, die Brücke aufzusuchen und dafür zu sorgen, dass das Baby die Chance hatte, länger als nur zwei Minuten zu leben? Und konnte er sich wirklich ausschließlich auf die Navigation konzentrieren, wenn er an seiner Station saß?

Sein Platz war *hier* – oder?

»Geh«, sagte B'Elanna und las seine Gedanken.

»Aber ...«

»Kein Aber, Fliegerjunge. Wenn diese Mission erfolgreich sein soll, brauchen wir den besten Piloten an den Navigationskontrollen. Keine Sorge – der Doktor kümmert sich um mich.«

Paris verabscheute die Vorstellung, B'Elanna ausgerechnet jetzt allein zu lassen. Welche Arbeit konnte er an der Navigationsstation leisten, wenn er daran dachte, dass seine Frau ihre Tochter ohne ihn gebar? Er hatte etwas begonnen und jetzt hinderten ihn die Umstände daran, es zu Ende zu bringen. Bel musste allein damit fertig werden. Er hatte versprochen, dass sie alles Wichtige gemeinsam erledigten – immerhin war dies eine Ehe, oder? Während er sich hier befand, dachte er an die Brücke. Und auf der Brücke würde er sich fragen, was er hier versäumte und warum er bei einem so wichtigen Ereignis fehlte.

»Gibt es ein Problem, Mr. Paris?«, erklang erneut die Stimme der Kommandantin.

»Ich bin unterwegs, Captain.«

Blieb ihm überhaupt eine Wahl?

DIE *VOYAGER* HAT DEN KURS GEÄNDERT.
GEGENWÄRTIGE POSITION: RAUMGITTER DREI SECHS ZWEI. KURS: EINS EINS ZWEI KOMMA FÜNF.

»Ich weiß nicht, wie Sie das aushalten.«

Admiral Janeway genoss die Überraschung der Borg-Königin, die ganz plötzlich die Augen öffnete. Sie befand sich in ihrem privaten Alkoven in der großen Metropolis des Unikomplexes. Für die Königin musste es den Anschein haben, dass Admiral Janeway nur wenige Schritte entfernt stand. Ein guter Effekt.

Die Borg-Königin zu verblüffen ... Es fühlte sich großartig an.

»Die vielen Stimmen, die Sie dauernd hören. Bestimmt bekommen Sie davon schreckliche Kopfschmerzen.«

Ein Schatten fiel auf die bleiche Miene der Königin und sie neigte den Kopf zur Seite.

»Wenn Sie Drohnen rufen wollen, um mich zu assimilieren ...«, sagte die Admiralin. »Sparen Sie sich die Mühe.«

»Ich brauche keine Drohnen, um Sie zu assimilieren«, erwiderte die Königin.

Sie näherte sich und hob drohend die Hand, doch Janeway wich nicht zurück. Ein Assimilierungsröhrchen – ein hässliches, invasives Instrument, das geordnetes Chaos für Millionen ehemaliger Individuen bedeutete.

Das Röhrchen schien in den Hals der Admiralin einzudringen, aber Janeway blieb gelassen. »Ich bin nicht wirklich hier, ›Euer Majestät‹.«

Die Königin zog das Assimilierungsgerät zornig zurück.

»Ich bin in Ihrem Bewusstsein«, erklärte die Admiralin.

»Wie ist das möglich?«, fragte die Königin.

»Ich benutze ein synaptisches Interface. An Ihrer Stelle würde ich keine Zeit mit dem Versuch verschwenden, den Ursprung der Signale festzustellen.«

Die ältere Janeway freute sich darüber, im Vorteil zu sein. Wie angenehm: Sie konnte alle ihre Geheimnisse preisgeben und trotzdem den Sieg erringen.

»Derzeit sind Sie nicht dazu imstande«, fügte die Admiralin hinzu.

Die Züge der Königin verhärteten sich. »Was wollen Sie?«

»Ich möchte eine Übereinkunft mit Ihnen treffen. Captain Janeway glaubt, dass ich hier bin, um ihr bei der Zerstörung des Transwarp-Zentrums zu helfen.«

»Das geht über *Ihre* Fähigkeiten hinaus.«

»Ich weiß. Ich habe versucht, es meinem naiven jüngeren Selbst zu erklären, aber sie wollte nicht auf mich hören und ist fest entschlossen, das Zentrum zu vernichten.«

»Sie wird keinen Erfolg erzielen.«

»Nein. Aber sie hat Waffen, die ich aus der Zukunft

mitgebracht habe. Ich glaube, Sie sind mit ihnen vertraut.«

»Transphasen-Torpedos. Wir werden uns anpassen.«

»Nach einer Weile«, räumte die Admiralin ein. »Aber vorher wird die *Voyager* Gelegenheit haben, großen Schaden anzurichten.« Sie zögerte, damit die Königin über ihre Worte nachdenken konnte. Eine kleine Pause an der richtigen Stelle konnte Wunder wirken. »Ich bin bereit, Ihnen darzulegen, wie Sie sich schon *jetzt* anpassen können.«

Das Interesse der Königin erwachte und sie schien Gefallen an diesem Spiel zu finden. »Und welche Gegenleistung erwarten Sie dafür?«

»Ich möchte, dass Sie einen Würfel zur *Voyager* schicken und das Schiff in den Alpha-Quadranten schleppen.«

Die Königin kniff ihre metallisch glänzenden Augen zusammen. Sie ließ sich angeblich nicht manipulieren? Wer behauptete das?

Nach zehn Jahren des Planens und der Vorbereitungen nahm Admiral Janeway die Reaktion der Borg-Königin mit großer Genugtuung zur Kenntnis. »Captain Janeway und die Besatzung der *Voyager* sollen heimkehren, ob es ihnen passt oder nicht.«

»Erwarten Sie von mir zu glauben, dass die unbestechliche Kathryn Janeway ihre eigene Crew verrät?«, fragte die Königin.

»Ich verrate sie nicht«, erwiderte die Admiralin. »Ich bewahre sie vor ihr selbst. Ich habe Technik mitgebracht, um der *Voyager* zu helfen, nach Hause zu gelangen, aber mein jüngeres Selbst ist zu arrogant und selbstgerecht. Und ihre Offiziere sind von Loyalität so sehr geblendet, dass sie sich opfern wollen, nur um den Borg einen empfindlichen Schlag zu versetzen.«

Die Königin hob den Kopf. »Aber *Sie* wollen uns natürlich nicht schaden.«

»Ich bin im Alter pragmatisch geworden. Mir geht es allein darum, die Besatzungsmitglieder zu ihren Familien zurückzuschicken.«

»Sie möchten das Wohl Ihres ›Kollektivs‹ gewährleisten«, sagte die Borg-Königin. »Das weiß ich zu schätzen. Ich helfe Ihnen, Admiral … Aber der Preis ist höher als Ihr Angebot.«

»Was verlangen Sie außerdem?«

»Ihr Schiff und seine Datenbanken.«

»Wie ich schon sagte: Ich zeige Ihnen, wie Sie sich vor den Transphasen-Torpedos schützen können …«

»Das genügt nicht.«

Admiral Janeway spürte, wie sich ihr Plan aufzulösen begann. Was auch immer geschah: Die Zukunft war bereits verändert. Doch jetzt zeichnete sich etwas ab, das völlig außer Kontrolle zu geraten drohte. »Wenn ich zulasse, dass Sie Technik aus der Zukunft assimilieren … Daraus würden sich unabsehbare Konsequenzen ergeben.«

»Indem Sie die *Voyager* jetzt nach Hause schicken, ändern Sie die Zukunft«, sagte die Borg-Königin.

»Ja, aber da gibt es einen Unterschied.«

Wieso verstand ihn die Königin nicht? Die Admiralin wollte die Zukunft auf *ihre* Weise ändern. Sie wusste am besten, worauf es ankam. Sie wusste, was ohne irgendwelche Veränderungen geschehen würde. Warum vertraute man nicht einfach ihren überlegenen Kenntnissen?

»Seien Sie ein guter Pragmatiker, Admiral«, sagte die Borg-Königin. »Schließen Sie einen Kompromiss.«

»Na schön, ich gebe Ihnen meinen Shuttle. *Nachdem* die *Voyager* sicher den Alpha-Quadranten erreicht hat.«

Die Königin lächelte. »Sie haben bereits Ihr jüngeres Selbst belogen. Wer garantiert mir, dass Sie nicht auch mich belügen?«

»Ich schätze, Sie müssen mir einfach vertrauen.«

»Das ist nicht notwendig.«

Kommunizierte die Königin mit dem Kollektiv? Sie wirkte plötzlich selbstgefällig.

Admiral Janeway kontrollierte ihren eigenen Gesichtsausdruck. Sie hatte bereits zu viel verraten.

»Sie haben mich unterschätzt, Admiral«, sagte die Königin. »Während unseres Gesprächs sind meine Drohnen damit beschäftigt gewesen, Ihre Signale anzupeilen ...«

»Computer, Interface deaktivieren! Panzerung hochfahren!«

Sofort befand sich Admiral Janeway wieder an Bord des Shuttles. Das geistige Bild der Königin verflüchtigte sich innerhalb einer Sekunde. War es bereits zu spät?

Das kleine Raumschiff neigte sich von einer Seite zur anderen. Der Tarnschirm!

Ein Strahl erfasste den Shuttle und absorbierte die Energie der Tarnvorrichtung.

Die Admiralin versteifte sich, als sie das Surren eines Transporterstrahls der Borg hörte. Man hatte sie gefunden!

17

Admiral Janeway erschien direkt vor der Borg-Königin, diesmal in Fleisch und Blut. Schwer lastete die Erkenntnis auf ihr, alles falsch eingeschätzt zu haben. Sie hatte sich darauf verlassen, dass die Vergangenheit primitiv war und sie selbst über alle Vorteile verfügte. Ihr großer Fehler bestand darin, das Gespräch mit der Borg-Königin nach all den Jahren zu sehr genossen zu haben.

Jetzt war sie eine Gefangene der Königin im Unikomplex. Der Shuttle befand sich in ihrer Gewalt – sie brauchte überhaupt keine Gegenleistung dafür zu erbringen.

Wie schnell sich das Blatt wenden konnte …

»Wie schlau von Ihnen, sich direkt vor meiner Tür zu verstecken«, sagte die Borg-Königin. »Wollten Sie uns vom Innern des Unikomplexes aus angreifen?«

Admiral Janeway presste die Lippen zusammen. Sie durfte nicht sprechen, nicht noch mehr verraten.

»Sie wollen schweigen?«, fragte die Königin spöttisch. »Meinetwegen.«

Wieder kam ein Assimilierungsröhrchen aus der Hand und diesmal gab es keinen Schutz davor – diesmal befand sich Admiral Janeway tatsächlich an diesem Ort und beschränkte sich nicht darauf, ein Trugbild im Selbst der Königin zu sein.

Schmerz durchzuckte die Admiralin, als sich das Instrument in ihren Hals bohrte. Sofort bewegte sich Borg-Technik unter der Haut.

»Wir brauchen keine Worte, um uns zu verständigen«, sagte die Königin.

Admiral Janeway spürte, wie ihr Körper kollabierte. Vor ihren Augen wurde es dunkel und sie sank ins flüsternde Netz von Milliarden Borg-Stimmen, die sich einen Weg in ihr Bewusstsein bahnten.

Gleichzeitig beobachtete sie etwas. Durch die Verbindung mit dem Kollektiv konnte sie sehen, wie die *Voyager* die freie Mitte des Nebels erreichte, das Auge des Borg-Orkans. Bestimmt herrschte große Anspannung auf der Brücke. Doch die Augen der Offiziere zeigten keine Furcht, sondern vor allem Aufregung: Janeway, Chakotay, Seven, Paris, Kim, Tuvok – Entschlossenheit verband sie miteinander, machte sie jung und stark. So kritisch die Situation auch sein mochte: Sie waren bestrebt gewesen, ihre persönlichen Talente auf diese Weise einzusetzen, als sie sich für eine berufliche Laufbahn bei Starfleet entschieden hatten.

Plötzlich ragte das Transwarp-Zentrum vor dem winzigen Schiff auf. Die *Voyager* änderte nicht den Kurs, führte auch keine Ausweichmanöver durch. Sie hielt auf eine der Öffnungen am großen Rad zu und es blitzte kurz, als sie darin verschwand.

Admiral Janeway wusste nicht, mit wessen Augen sie die Ereignisse beobachtete. Sie war hilflos, konnte nicht reagieren oder sich bewegen, während sie der Stimme des Kollektivs lauschte.

DIE *VOYAGER* HAT ÖFFNUNG ACHT ZWEI DREI
ERREICHT
ZUGANG: TRANSWARP-KORRIDOR NULL NEUN

Admiral Janeway sah ein geistiges Bild von sich selbst: an einer Konsole zusammengesunken, die Haut fleckig und graublau, Borg-Implantate im Gesicht. Die Borg-Königin musterte sie zufrieden und auch neugierig.

SCHIFFE UMLEITEN ZUM ABFANGKORRIDOR NEUN *VOYAGER* U.S.S.

NULL NEUN TRANSWARP

ABFANGEN GEHORCHEN JANEWAY JANEWAY

GEHORCHEN UNMÖGLICH

Ein schrilles Heulen mischte sich in das Gewirr aus Myriaden Stimmen. Die Königin verzog schmerzerfüllt das Gesicht.

Admiral Janeway nahm ihre ganze Willenskraft zusammen und blinzelte. Das Heulen ließ nach, aber in der Borg-Kakophonie gab es nun verzerrende Echos und Überlagerungen. Eine sinnlose Befehlsschleife war in Gang gesetzt.

NULL TRANSWARP

UNMÖGLICH

GEHORCHEN *VOYAGER* NEUN KORRIDOR

Die Königin breitete verwirrt die Arme aus und in ihrem Gesicht zeigte sich Panik.

Admiral Janeway spürte, wie ihre Lippen ein Lächeln formten. »Es muss … etwas sein … das von Ihnen … assimiliert wurde …«

»Was haben Sie getan?«, fragte die Königin.

»Ich dachte, wir … brauchen keine Worte, um … uns zu verständigen.«

Heiße Pein brannte durch die Königin. Neben ihr explodierte eine Konsole; Funken sprühten ihr entgegen. »Sie haben uns infiziert! Mit einem neurolytischen Keim!«

Das nächste Lächeln fiel Admiral Janeway leichter.

»Gerade genug, um Chaos in die Ordnung zu bringen«, erwiderte sie. Ihre Stimme war stärker! »Die Abschirmung Ihrer Tunnel wird destabil. Beobachten wir es zusammen, Euer Majestät ... Die *Voyager* feuert Transphasen-Torpedos ab ... Ihre destruktive Energie zerstört die Interraum-Verteilerkomponenten ...«

»Die *Voyager* wird vernichtet«, brachte die Königin mühsam hervor.

»Sie ist den Schockwellen voraus«, sagte die Admiralin. Das Sprechen fiel ihr immer leichter. »Sie wird es schaffen ... Captain Janeway und ich haben dafür gesorgt ... *Sie* haben *uns* unterschätzt.«

Wie die Geschosse eines Maschinengewehrs durchschlugen Transphasen-Torpedos die Borg-Hardware und brachten überall Zerstörung. Weitere Konsolen der Königin explodierten. In einem anderen Bereich des Unikomplexes kam es zu einer größeren Detonation und Funken regneten herab. Die Schreie von Milliarden verwirrter Borg strichen wie Wind durch die Selbstsphären der Königin und der Admiralin.

Das gigantische, wie erhaben wirkende Transwarp-Zentrum kollabierte und schien in einen Schwerkraftschacht gezerrt zu werden.

Neben Admiral Janeway zuckte der mechanische Leib der Borg-Königin wie in einer sonderbaren mikrokosmischen Empathie mit ihren planetengroßen Äquivalenten. In der einen Schulter kam es zu elektrischen Entladungen und plötzlich löste sich der ganze Arm, fiel zu Boden. Ein scheußliches, tentakelartiges Etwas ragte aus der Gelenkpfanne, die die Schaltkreise des verlorenen Arms mit Energie versorgt hatte.

Die Königin achtete nicht darauf, neigte den Kopf zur Seite und rief einen schwebenden Bildschirm herbei, der eine Borg-Kugel zeigte.

»Kugel sechs drei vier – dort hört man noch meine Gedanken.«

Sie konzentrierte sich auf die Darstellung und schloss die Augen, um telepathische Anweisungen zu übermitteln.

Die halb in eine Borg verwandelte Admiralin nahm voller Freude die Schwierigkeiten der Königin zur Kenntnis. Eine Krankheit, eine Seuche, ein Virus – etwas so Elementares, dass es nicht überlistet werden konnte.

Wundervoll.

Um sie herum erbebte der ganze Unikomplex und es kam zu weiteren, grässlich-schönen Explosionen. Manche Dinge boten einen prächtigen Anblick, wenn sie auseinander flogen: Sonnen, Wolken, Stürme, Borg-Würfel ...

Admiral Janeway verbrachte die letzten Sekunden ihres Lebens damit, ihre seit langem geplante Rache an den Borg und ihrer »unbesiegbaren« Königin zu genießen. Wie eine Krankheit hatten sie die ganze Galaxis heimsuchen wollen und jetzt waren sie selbst krank.

Neuerlicher Schmerz erfasste die Königin und ein Bein löste sich, fiel wie zuvor der Arm zu Boden. Sie stützte sich an einer Konsole ab und starrte die Admiralin an.

»Captain Janeway wird sterben«, stieß sie hervor. »Wenn sie keine Zukunft hat ... können Sie nicht existieren ... Und dann wird dies alles nie geschehen.«

Admiral Janeway wusste: Die Borg-Königin klammerte sich an einer verzweifelten Hoffnung fest. Ihre Stimme verlor immer mehr an Stabilität. Während weitere Explosionen den Unikomplex erschütterten, zerfiel der Körper der Königin.

Das Virus erlaubte es dem assimilierten Selbst der Admiralin, an einem Rest ihres menschliches Wesens festzuhalten. Sie freute sich über den Anblick von destruktiver Energie, die Borg-Würfel, Borg-Kugeln und das ganze Transwarp-Zentrum verschlang. Überall hasteten Drohnen hin und her, versuchten trotz der um sich greifenden Vernichtung auch weiterhin ihrer Arbeit nachzugehen. Sie wussten nicht, dass ihr Tod unmittelbar bevorstand. Admiral Janeway dachte an Ameisen, die sich noch immer um ihr Nest kümmerten, während das Gras brannte.

Es brachte auch Nachteile mit sich, alle Wesen, Schaltkreise, Gehirnzellen, Augen und Ohren miteinander zu verbinden. Die Einheit bedeutete nun den Tod des ganzen Schwarms. Admiral Janeway war froh darüber, mit ihm zu sterben. Sie wollte keine unglückliche Zukunft erleben, sondern ihre Existenz als Heldin beenden. Ihre Crew würde leben und die Borg erlitten einen fast irreparablen Schaden.

Ihre ehrgeizige Königin löste sich vor der Admiralin auf. Und das Kollektiv fiel dem Chaos der Zerstörung zum Opfer.

Ich habe es geschafft, dachte Admiral Janeway. *Es ist vollbracht.*

»Volle Energie. Dauerfeuer. Vernichten Sie so viel wie möglich! Richten Sie den Fokus auf die Verbindungsstellen! Seven, zeigen Sie ihnen die Ziele!«

»Es fällt mir schwer, den Kurs zu halten«, meldete Paris, als das Schiff nach Steuerbord kippte. Er versuchte zu kompensieren und das Triebwerk heulte.

»Bitte um Erlaubnis, einen Teil der Energie für die Manövrierdüsen verwenden zu dürfen.«

»Ergreifen Sie alle notwendigen Maßnahmen«, erwiderte Janeway. »Warten Sie nicht auf einen ausdrücklichen Befehl. Bringen Sie uns zum Alpha-Quadranten.«

»Genau dort liegt das Problem: Ich kann unsere Flugbahn nicht stabil halten.«

»Seven, helfen Sie ihm! Identifizieren und deaktivieren Sie die Systeme, die unsere Navigation beeinträchtigen.«

»Aye, Captain.«

»Kapazität des Heckpanzers auf sechs Prozent gesunken«, berichtete Tuvok.

Fast gleichzeitig erklang Kims Stimme. »Risse in der Außenhülle bei den Decks sieben bis zwölf!«

»Die betroffenen Sektionen evakuieren. Alle nicht unbedingt notwendigen Systeme stilllegen. Die Crew soll alle Decks sichern und durchhalten!«

Paris schwitzte, während er mit den Navigationskontrollen rang. »Die Borg schließen zu uns auf, Captain!«

Das Schiff schüttelte sich.

»Die Panzerung versagt«, sagte Tuvok.

Chakotay hielt sich am Geländer fest. »Wo ist die nächste Öffnung?«, fragte er Seven.

»Sie befindet sich etwa dreißig Flugsekunden vor uns – aber sie führt zum Delta-Quadranten zurück!«

Chakotay drehte sich zur Kommandantin um. Ein einfacher Ausweg bot sich ihnen dar, eine Möglichkeit, rasch in Sicherheit zu gelangen.

Janeway wich dem Blick des Ersten Offiziers nicht aus. Sollte sie das Schiff retten oder die einzige Chance für eine schnelle Heimkehr wahrnehmen?

Nein, diesmal durfte die Sicherheit nicht an erster Stelle stehen!

»Mr. Paris, bereiten Sie sich darauf vor, den Kurs zu ändern!«

»Das Schiff reagiert noch immer sehr träge ...«

»Ziehen Sie die notwendige Energie von anderen Systemen ab. Auch von der Lebenserhaltung, wenn es sein muss. Wenn wir tot sind, können wir ohnehin nicht mehr atmen!«

»Ja, Ma'am!«

Das Schiff kippte hart nach Backbord und der Bug neigte sich um einige Grad nach unten.

»Seven, geben Sie uns einen Kurs!«, rief Janeway. »Die nächste Öffnung zum Alpha-Quadranten.«

»Dazu müssen wir in die Richtung zurück, aus der wir kommen, Captain«, erwiderte Seven sofort. »Sechs sechs Komma sechs.«

»Das soll wohl ein Witz sein …«

»Sechs sechs Komma sechs!«

»Mr. Paris, Sie haben Ihre Zahlen bekommen. Ändern Sie den Kurs! Tuvok, feuern Sie weiter, bis zum letzten Torpedo! Nutzen wir die Gelegenheit, den Borg so großen Schaden wie möglich zuzufügen.«

»Was ist mit der Admiralin, Captain?«, fragte Chakotay. Er musste fast schreien, um das Heulen des Triebwerks und das Zischen elektrischer Entladungen zu übertönen. »Wollen Sie es mir nicht sagen?« Er kam näher und angesichts der teilweise recht heftigen Erschütterungen fiel es ihm schwer, das Gleichgewicht zu wahren. »Sie existiert nicht nur rein theoretisch. Sie lebt und befindet sich irgendwo dort draußen.«

»Sie hat frei darüber entschieden, wann und wo sie sterben möchte«, sagte Janeway nachdenklich. »Derzeit erfüllt sie sich ihren eigenen Traum. Glauben Sie vielleicht, ich wüsste nicht, was sie denkt?«

»Nein.« Chakotay wischte sich Schweiß von der Stirn. »Eine solche Annahme liegt mir fern, Kathryn. Wir kennen sie beide ziemlich gut. Ich lasse sie nur nicht gern zurück«, fügte er hinzu und griff nach Janeways Hand. »Obwohl ich sie mitnehme.«

Janeway nahm sich einen Moment Zeit, um Chakotays Blick zu begegnen. »Keine Sorge, alter Freund. Wenn wir es in den Alpha-Quadranten schaffen, haben die Admiralin und ich ein Rendezvous mit einem ganz neuen Schicksal. Das gilt für uns alle.«

Normalerweise blieb Chakotay immer ruhig und gefasst, selbst bei Begegnungen mit dem Schrecklichen und Unerwarteten. Aber jetzt zitterte eine kindliche Aufregung in ihm, die Janeway durch seine Hand spürte. Kehrten sie wirklich heim? Ging ihre Odyssee nach sieben langen Jahren zu Ende? Oder würde eine Borg-Salve ihre Hoffnungen auf dem letzten Kilometer zerstören?

Nein. Captain Janeway beschwor das Universum mit ihrer Willenskraft, wenigstens dieses eine Mal auf ihre Wünsche einzugehen!

»Captain, eine Borg-Kugel nähert sich uns von hinten«, warnte Tuvok.

Die Kugel eröffnete sofort das Feuer. Strahlblitze trafen die Warpgondeln, den sekundären Rumpf und die rückwärtigen Bereiche des Diskussegments.

Tuvok runzelte die Stirn. »Die Kapazität der Panzerung lässt immer mehr nach.«

»Geschwindigkeit erhöhen«, sagte Janeway.

»Captain!«

Janeway hörte Paris' warnenden Schrei und sah zum Hauptschirm. Vor ihnen kollabierte der Tunnel zwischen den Quadranten.

18

Pathfinder-Forschungslabor
Sternzeit 54989.1

Reg Barclay war gern allein. Dann konnte er sich ganz auf die Datenströme konzentrieren, die durch die komplexen Systeme des Laboratoriums flossen – Informationen über die Borg.

Für die ganze Basis herrschte Alarmstufe Rot. Zehn Admirale waren unterwegs. Nur wenige Minuten nach Barclays Bericht hatten sich die Türen geöffnet und Dutzende von Starfleet-Spezialisten waren hereingekommen, um an Konsolen in allen Bereichen des Labors Platz zu nehmen. Barclays einsame Domäne verwandelte sich in einen Ort reger Betriebsamkeit. Jetzt konnte er auf mehr Hilfe zurückgreifen, als er sich jemals gewünscht hatte.

Als Admiral Paris mit den Admiralen Barrenson, Eddu, Sylvanus und zwei anderen kam, die Barclay nicht kannte, begriff er plötzlich: Es bahnten sich Ereignisse an, die vielleicht zu den wichtigsten in der Föderationsgeschichte zählten.

Sie konnten auch dazu führen, dass bald keine Föderation mehr existierte. Diese Möglichkeit ließ sich nicht ausschließen.

»Was haben Sie entdeckt, Mr. Barclay?«, fragte Admiral Paris. »Schildern Sie es mit Ihren eigenen Worten.«

»Eine Transwarp-Öffnung«, brachte Barclay hervor. »Weniger als ein Lichtjahr von der Erde entfernt!«

»Wie viele Borg-Schiffe?«

»Eine genaue Sondierung ist nicht möglich. Aber die Graviton-Emissionen gehen weit über das übliche Maß hinaus!«

»Alle Schiffe in Reichweite sollen Kurs auf jene Koordinaten nahmen.«

Die anderen Admirale setzten sich sofort mit den Schiffen ihrer Flotten in Verbindung, die sich in Kom-Reichweite befanden.

Dreißig Sekunden später näherte sich Admiral Sylvanus. »Achtzehn Schiffe haben die angegebene Position erreicht. Neun weitere sind unterwegs.«

Dabei handelte es sich nur um die Einheiten aus dem Sonnensystem. In einer Stunde würden weitere dreißig eintreffen. Entweder stand ihnen dann ein Kampf gegen die Borg bevor – oder sie mussten sich damit begnügen, nach Überlebenden zu suchen.

Auf dem großen Bildschirm glühte die Öffnung wie ein Tor zur Hölle. Zwischen der Basis und dem Transwarp-Tunnel gingen achtzehn Starfleet-Schiffe unterschiedlicher Größe in Position. Barclay schauderte unwillkürlich. Ziemlich viel Feuerkraft war in einem kleinen Bereich konzentriert, aber würde sie genügen?

»Öffnen Sie einen Kom-Kanal«, sagte Admiral Paris.

Erst nach einigen Sekunden merkte Barclay, dass diese Worte ihm galten. Er musste sich zwingen, den Blick vom Schirm abzuwenden, betätigte die Kom-Kontrollen und nickte dem Admiral zu.

»Hier spricht Admiral Paris. Setzen Sie alle notwendigen Mittel ein. Ich wiederhole: Setzen Sie alle notwendigen Mittel ein.«

Nacheinander bestätigten die Starfleet-Schiffe. Sie hatten noch nicht zu einer endgültigen Formation gefunden. Hier und dort bewegten sich Raumer und veränderten ihre Position, um sicherzustellen, dass sie bei einem eventuellen Gefecht nicht in die Schusslinie der anderen Starfleet-Schiffe gerieten. Zwischenfälle solcher Art mussten unbedingt ausgeschlossen werden.

Das Herz klopfte Barclay bis zum Hals empor. Von der Öffnung des Transwarp-Tunnels ging ein greller

Schein aus und blendete ihn so sehr, dass er nicht mehr die Anzeigen entziffern konnte, als er den Blick senkte. Er schüttelte den Kopf, rieb sich die Augen und versuchte, klar zu sehen. Mit der einen Hand schirmte er die Augen ab, um die Darstellungen auf den Displays erkennen zu können.

»Ein Schiff kommt durch den Tunnel, Sir!«

»Identifizieren!«

»Die Sensoren registrieren eine Borg-Signatur!«

»Hier spricht Admiral Paris. An alle Schiffe: visuelle Identifikation des Borg-Schiffes. Erst dann die Zielerfassung ausrichten und das Feuer eröffnen!«

Eine kluge Maßnahme, fand Barclay. Selbst wenn die Sensoren behaupteten, dass es sich um ein Borg-Schiff handelte: Der Admiral und die Kommandanten der Starfleet-Raumer wollten sicher sein, auf wen sie schossen.

Barclay sah erneut zum großen Bildschirm. In der hellen Öffnung des Transwarp-Tunnels zeichnete sich ein dunkles Objekt ab – es wirkte wie eine Sonnenfinsternis, die beschlossen hatte, Gestalt anzunehmen und der Erde einen Besuch abzustatten. Wenige Sekunden später wurde das Objekt zu einer Kugel, mit Kanten, quadratischen Segmenten, rechteckigen Vertiefungen und mechanischen Auswüchsen.

Eine Borg-Kugel! Visuelle Bestätigung!

Die Starfleet-Schiffe eröffneten das Feuer. Die Schilde der Borg-Kugel flackerten, formten eine geisterhafte blaue Blase – man hätte meinen können, der stählerne Ball steckte in einer Hülle aus Glas.

»Unsere Phaserstrahlen durchdringen die Schilde nicht, Sir«, sagte Barclay. »Konventionelle Waffen sind wirkungslos!«

»Wir sollten zumindest versuchen, etwas mit ihnen auszurichten. An alle Schiffe: rekonfigurieren und weiter feuern. Photonentorpedos einsetzen, Tandemsalven.«

Die Stimme des Admirals wurde ruhiger, als sich die Situation zuspitzte – ein deutlicher Hinweis auf seine Führungsqualitäten.

Barclay sah ihn an und prägte sich diesen Moment fest ins Gedächtnis.

Als er wieder zum Bildschirm blickte, bemerkte er etwas hinter der Borg-Kugel, auf die sich das Feuer von achtzehn Starfleet-Schiffen konzentrierte. »Admiral, es findet erneut ein Transfer statt! Ein weiteres Schiff trifft ein!«

Noch mehr Borg!

Gegen *mehr* Borg konnten sie nichts ausrichten! Die übrigen Starfleet-Schiffe würden nicht rechtzeitig eintreffen. Dies war eine groß angelegte Invasion aus dem Delta-Quadranten!

Barclay schluckte krampfhaft. Zum Glück brauchte er keine Befehle zu erteilen, denn er konnte kaum mehr sprechen.

»Alarmieren Sie die ganze Föderation«, krächzte Admiral Paris. »Warnung an alle Welten. Die planetaren Verteidigungssysteme müssen vorbereitet werden, um ...«

»Sir!« Barclay deutete zum Schirm.

Etwas anderes kam aus der Öffnung, kein Raumschiff, sondern das Band einer Antriebsspur. Es traf die Kugel, bohrte sich tief in sie hinein.

Barclay wollte den Admiral ansehen und einen Eindruck davon gewinnen, was er dachte, aber er konnte den Blick nicht vom Bildschirm abwenden. Was geschah dort draußen? Die Starfleet-Armada erzielte keine derartige Wirkung auf den Feind. Selbst wenn ihre Phaser so wirkungsvoll gewesen wären – sie feuerten nicht aus dem Innern des Transwarp-Tunnels.

In der Kugel kam es zu einer Explosion. Orangefarbenes Plasma und superheißes Gas entwichen aus Löchern in der Außenhülle. Die ganze Borg-Kugel zerbarst, verwandelte sich in einen Feuerball.

Die anderen Admirale versammelten sich hinter Admiral Paris und Barclay. Derzeit waren sie nur verwirrte Beobachter eines monumentalen Spektakels, der völligen Zerstörung einer Borg-Kugel. Sie wussten nicht, wie sie sich verhalten und welche Anweisungen sie erteilen sollten – erst mussten sie sich über die Bedeutung dieser seltsamen Ereignisse klar werden. Schulter an Schulter standen sie und sahen, wie die Kugel auseinander platzte, wie Feuer sie ganz und gar verschlang.

Die gewaltige Explosion warf einen weißen Schein auf die Starfleet-Schiffe. Bestimmt bejubelte man dort die Vernichtung des Gegners.

Barclay ließ sich dazu hinreißen, nach dem Arm des Admirals zu greifen. »Sehen Sie nur, Sir!«

Lächerlich – Admiral Paris sah es natürlich. Aber Barclay war einfach zu aufgeregt.

»Oh, Sir!«, rief er wie ein Kind bei einem Baseballspiel.

Der grüne, weiße und goldene Feuerball zerfaserte, als ein festes Objekt ihn durchstieß. Seine Konturen waren vertraut – ein Starfleet-Schiff.

»Feuer einstellen!«, befahl Admiral Paris. »An alle Schiffe: Feuer einstellen! Wir haben einen Starfleet-Kontakt! Mein Gott!«

Die kühle Ruhe fiel von dem ranghohen Offizier ab, als er das Raumschiff erkannte. Einige der anderen Admirale klopften Paris auf Schultern und Rücken.

»Die *Voyager*!«, brachte Barclay hervor. »Es ist die *Voyager*!«

Die Admirale jubelten wie glückliche Kinder und Barclay war zutiefst gerührt.

Admiral Paris beobachtete, wie das Schiff seines Sohns den glühenden Schleier der Vernichtung hinter sich zurückließ und der Starfleet-Armada entgegenglitt.

Neben ihm sprach Reg Barclay das aus, was sie alle dachten.

»Sie sind zu Hause ...«

Admiral Paris hielt einige Sekunden lang den Atem an, eins mit dem Wunder, und dann fasste er sich.

»Stellen Sie eine Kom-Verbindung her, Mr. Barclay.«

»Mit Vergnügen, Sir! Wo sind die Kommunikationskontrollen ... Oh, Nahbereich! Wer hätte das gedacht? Hier ist ... hier ist die Pathfinder-Basis. Wir rufen die *Voyager*. Bitte melden Sie sich!«

19

Der Jubel auf der Brücke der *Voyager* war Balsam für die Seele. Kathryn Janeway sank in ihren Kommandosessel und schüttelte den Moment der Freude ab. Später bekamen sie genug Gelegenheit zum Feiern. Vielleicht veranstaltete Starfleet sogar eine Konfettiparade.

Zu Hause ... Zu Hause. Sie alle, gesund, zusammen.

Janeway lachte fast, als auf dem Hauptschirm die Gesichter von Admiral Paris, Reg Barclay und einigen anderen Admiralen erschienen. Sie waren verblüfft. Das stelle man sich vor: Eine ganze Gruppe von Admiralen, denen es die Sprache verschlagen hatte!

»Janeway an Pathfinder-Basis. Es tut mir Leid, Sie auf diese Weise zu überraschen. Beim nächsten Mal kündigen wir uns vorher an.«

Admiral Paris lächelte schief. »Willkommen daheim, Captain.«

»Es ist schön, hier zu sein.«

»Wie haben Sie es geschafft ...«

»Es wird alles in meinem Bericht stehen, Sir.«

»Ich kann es gar nicht abwarten, ihn zu lesen!«

Er erkundigte sich nicht danach, wie es seinem Sohn ging. Er stellte auch keine anderen Fragen – vielleicht fürchtete er die Antworten.

Tom Paris musterte seinen Vater. Er war jetzt nicht mehr der junge, tollkühne Pilot, den es vor sieben Jahren in den Delta-Quadranten verschlagen hatte. Schon vor einer ganzen Weile hatte er Frieden geschlossen mit dem Mann, der sie als erster im Alpha-Quadranten willkommen hieß.

Der Admiral schloss den externen Kom-Kanal. Vermutlich fehlten ihm die Worte, um noch etwas zu sagen – so wie ihnen allen.

Janeway sah sich auf der Brücke um. Ihre Offiziere beobachteten die Starfleet-Flotte auf dem Hauptschirm und die Erde, nicht allzu weit entfernt. Seven und Chakotay musterten sich gegenseitig. Tuvok wandte sich Janeway zu und sie war froh darüber, ihn gesund zu sehen. Harry Kim war vor Freude den Tränen nahe und brachte keinen Ton hervor.

Schadensberichte trafen ein und die Bordsysteme der *Voyager* summten – eine wundervolle Melodie. In wenigen Minuten würden sie Hilfe bekommen, echte Hilfe. Sie konnten auf die Sachkenntnis der Spezialisten zurückgreifen, die dieses Schiff konzipiert und gebaut hatten. An Ersatzteilen herrschte von jetzt an kein Mangel mehr. Energie und Ressourcen standen praktisch unbegrenzt zur Verfügung. Zum ersten Mal seit langer, langer Zeit gab es reichlich von allem. Bei der nächsten Durchsage würde Janeway den Besatzungsmitgliedern die gute Nachricht mitteilen: Sie konnten zum Abendessen zu Hause sein.

»Krankenstation an Lieutenant Paris.«

Alle zuckten zusammen. Es klang so gewöhnlich und banal – obgleich sie wussten, was es bedeutete.

Paris fiel fast aus dem Sessel, als nicht nur die Stimme des Doktors aus dem Kom-Lautsprecher drang, sondern auch das Weinen eines Kinds.

»Hier gibt es jemanden, der gern Hallo sagen würde.«

Paris drehte sich um. Janeway sah ihn an und lächelte.

»Sie sollten besser gehen, Tom«, sagte sie. »Mr. Chakotay, übernehmen Sie die Navigation.«

»Aye, Captain«, bestätigte der Erste Offizier.

Er nahm an der Navigationsstation Platz, als Paris

zum Turbolift eilte, dabei die Glückwünsche der übrigen Brückenoffiziere entgegennahm.

Captain Janeway lehnte sich im Kommandosessel zurück und dachte an ihre Siege. Das Transwarp-Netzwerk der Borg war implodiert. Es führte kein Tunnel mehr in den Delta-Quadranten. Und die *Voyager* war endlich zu Hause. Damit ging Janeways Mission zu Ende. Sie hatte das Raumschiff seinen rechtmäßigen Eigentümern zurückgebracht und die Crew ihren Familien, ihrer Zukunft.

»Danke für alles, Admiral Janeway«, murmelte sie.

Nur Chakotay hörte sie. Er drehte den Kopf. »Kurs, Captain?«

Janeway bedachte ihn mit einem ironischen Lächeln. Dann gab sie einen Befehl, den sie während der vergangenen sieben Jahre oft gegeben hatte.

»Nehmen Sie Kurs auf die Heimat«, sagte sie mit fester Stimme.

Wir sind zu Hause.

STAR TREK™

in der Reihe
HEYNE SCIENCE FICTION & FANTASY

STAR TREK: CLASSIC SERIE

Vonda N. McIntyre, Star Trek II: Der Zorn des Khan · 06/3971
Vonda N. McIntyre, Der Entropie-Effekt · 06/3988
Robert E. Vardeman, Das Klingonen-Gambit · 06/4035
Lee Correy, Hort des Lebens · 06/4083
Vonda N. McIntyre, Star Trek III: Auf der Suche nach Mr. Spock · 06/4181
S. M. Murdock, Das Netz der Romulaner · 06/4209
Sonni Cooper, Schwarzes Feuer · 06/4270
Robert E. Vardeman, Meuterei auf der Enterprise · 06/4285
Howard Weinstein, Die Macht der Krone · 06/4342
Sondra Marshak & Myrna Culbreath, Das Prometheus-Projekt · 06/4379
Sondra Marshak & Myrna Culbreath, Tödliches Dreieck · 06/4411
A. C. Crispin, Sohn der Vergangenheit · 06/4431
Diane Duane, Der verwundete Himmel · 06/4458
David Dvorkin, Die Trellisane-Konfrontation · 06/4474
Vonda N. McIntyre, Star Trek IV: Zurück in die Gegenwart · 06/4486
Greg Bear, Corona · 06/4499
John M. Ford, Der letzte Schachzug · 06/4528
Diane Duane, Der Feind – mein Verbündeter · 06/4535
Melinda Snodgrass, Die Tränen der Sänger · 06/4551
Jean Lorrah, Mord an der Vulkan Akademie · 06/4568
Janet Kagan, Uhuras Lied · 06/4605
Laurence Yep, Herr der Schatten · 06/4627
Barbara Hambly, Ishmael · 06/4662
J. M. Dillard, Star Trek V: Am Rande des Universums · 06/4682
Della van Hise, Zeit zu töten · 06/4698
Margaret Wander Bonanno, Geiseln für den Frieden · 06/4724
Majliss Larson, Das Faustpfand der Klingonen · 06/4741
J. M. Dillard, Bewußtseinsschatten · 06/4762
Brad Ferguson, Krise auf Centaurus · 06/4776
Diane Carey, Das Schlachtschiff · 06/4804
J. M. Dillard, Dämonen · 06/4819
Diane Duane, Spocks Welt · 06/4830
Diane Carey, Der Verräter · 06/4848
Gene DeWeese, Zwischen den Fronten · 06/4862
J. M. Dillard, Die verlorenen Jahre · 06/4869
Howard Weinstein, Akkalla · 06/4879
Carmen Carter, McCoys Träume · 06/4898
Diane Duane & Peter Norwood, Die Romulaner · 06/4907
John M. Ford, Was kostet dieser Planet? · 06/4922
J. M. Dillard, Blutdurst · 06/4929
Gene Roddenberry, Star Trek I: Der Film · 06/4942
J. M. Dillard, Star Trek VI: Das unentdeckte Land · 06/4943
Jean Lorrah, Die UMUK-Seuche · 06/4949
A. C. Crispin, Zeit für gestern · 06/4969
David Dvorkin, Die Zeitfalle · 06/4996

STAR TREK™

Barbara Paul, Das Drei-Minuten-Universum · 06/5005
Judith & Garfield Reeves-Stevens, Das Zentralgehirn · 06/5015
Gene DeWeese, Nexus · 06/5019
D. C. Fontana, Vulkans Ruhm · 06/5043
Judith & Garfield Reeves-Stevens, Die erste Direktive · 06/5051
Michael Jan Friedman, Das Doppelgänger-Komplott · 06/5067
Judy Klass, Der Boaco-Zwischenfall · 06/5086
Julia Ecklar, Kobayashi Maru · 06/5103
Peter Norwood, Angriff auf Dekkanar · 06/5147
Carolyn Clowes, Das Pandora-Prinzip · 06/5167
Michael Jan Friedman, Schatten auf der Sonne · 06/5179
Diana Duane, Die Befehle des Doktors · 06/5247
V. E. Mitchell, Der unsichtbare Gegner ·06/5248
Dana Kramer-Rolls, Der Prüfstein ihrer Vergangenheit · 06/5273
Barbara Hambly, Der Kampf ums nackte Überleben · 06/5334
Brad Ferguson, Eine Flagge voller Sterne · 06/5349
J. M. Dillard, Star Trek VII: Generationen · 06/5360
Gene DeWeese, Die Kolonie der Abtrünnigen · 06/5375
Michael Jan Friedman, Späte Rache · 06/5412
Peter David, Der Riß im Kontinuum · 06/5464
Michael Jan Friedman, Gesichter aus Feuer · 06/5465
Peter David/Michael Jan Friedman/Robert Greenberger,
Die Enterbten · 06/5466
L. A. Graf, Die Eisfalle · 06/5467
John Vornholt, Zuflucht · 06/5468
L. A. Graf, Der Saboteur · 06/5469
Melissa Crandall, Die Geisterstation · 06/5470
Mel Gilden, Die Raumschiff-Falle · 06/5471
V. E. Mitchell, Tore auf einer toten Welt · 06/5472
Victor Milan, Aus Okeanos Tiefen · 06/5473
Diane Carey, Das große Raumschiff-Rennen · 06/5474
Margaret Wander Bonanno, Die Sonde · 06/5475
Diane Carey, Kirks Bestimmung · 06/5476
L. A. Graf, Feuersturm · 06/5477
A. C. Crispin, Sarek · 06/5478
Simon Hawke, Die Terroristen von Patria · 06/5479
Barbara Hambly, Kreuzwege · 06/5681
L. A. Graf, Ein Sumpf von Intrigen · 06/5682
Howard Weinstein, McCoys Tochter · 06/5683
Judith & Garfield Reeves-Stevens, Die Föderation · 06/5684
J. M. Dillard, Sabotage · 06/5685
Denny Martin Flinn, Der Coup der Promethaner · 06/5686
Diane Carey/Dr. James I. Kirkland, Keine Spur von Menschen · 06/5687
William Shatner, Die Asche von Eden · 06/5688
William Shatner, Die Rückkehr · 06/5689
William Shatner, Der Rächer · 06/5690
Peter David, Die Tochter des Captain · 06/5691
Dean Wesley Smith/Kristine Kathryn Rusch, Die Ringe von Tautee · 06/5693
Diane Carey, Invasion – 1: Der Erstschlag · 06/5694

STAR TREK™

Dean Wesley Smith/Kristine Kathryn Rusch, Tag der Ehre – 4: Das Gesetz des Verrats · 06/5702
William Shatner, Das Gespenst · 06/5703
William Shatner, Dunkler Sieg · 06/5704
William Shatner, Die Bewahrer · 06/5705

STAR TREK: THE NEXT GENERATION
David Gerrold, Mission Farpoint · 06/4589
Gene DeWeese, Die Friedenswächter · 06/4646
Carmen Carter, Die Kinder von Hamlin · 06/4685
Jean Lorrah, Überlebende · 06/4705
Peter David, Planet der Waffen · 06/4733
Diane Carey, Gespensterschiff · 06/4757
Howard Weinstein, Macht Hunger · 06/4771
John Vornholt, Masken · 06/4787
David & Daniel Dvorkin, Die Ehre des Captain · 06/4793
Michael Jan Friedman, Ein Ruf in die Dunkelheit · 06/4814
Peter David, Eine Hölle namens Paradies · 06/4837
Jean Lorrah, Metamorphose · 06/4856
Keith Sharee, Gullivers Flüchtlinge · 06/4889
Carmen Carter u. a., Planet des Untergangs · 06/4899
A. C. Crispin, Die Augen der Betrachter · 06/4914
Howard Weinstein, Im Exil · 06/4937
Michael Jan Friedman, Das verschwundene Juwel · 06/4958
John Vornholt, Kontamination · 06/4986
Mel Gilden, Baldwins Entdeckungen · 06/5024
Peter David, Vendetta · 06/5057
Peter David, Eine Lektion in Liebe · 06/5077
Howard Weinstein, Die Macht der Former · 06/5096
Michael Jan Friedman, Wieder vereint · 06/5142
T. L. Mancour, Spartacus · 06/5158
Bill McCay/Eloise Flood, Ketten der Gewalt · 06/5242
V. E. Mitchell, Die Jarada · 06/5279
John Vornholt, Kriegstrommeln · 06/5312
David Bischoff, Die Epidemie · 06/5356
Peter David, Imzadi · 06/5357
Laurell K. Hamilton, Nacht über Oriana · 06/5342
Simon Hawke, Die Beute der Romulaner · 06/5413
Rebecca Neason, Der Kronprinz · 06/5414
John Peel, Drachenjäger · 06/5415
Diane Carey, Abstieg · 06/5416
Diane Duane, Dunkler Spiegel · 06/5417
Jeri Taylor, Die Zusammenkunft · 06/5418
Michael Jan Friedman, Relikte · 06/5419
Susan Wright, Der Mörder des Sli · 06/5438
W. R. Thomson, Planet der Schuldner · 06/5439
Carmen Carter, Das Herz des Teufels · 06/5440
Michael Jan Friedman & Kevin Ryan, Requiem · 06/5442
Dafydd ab Hugh, Gleichgewicht der Kräfte · 06/5443

STAR TREK™

Michael Jan Friedman, Die Verurteilung · 06/5444
Peter David, Q² · 06/5445
Simon Hawke, Die Rückkehr der Despoten · 06/5446
Robert Greenberger, Die Strategie der Romulaner · 06/5447
Gene DeWeese, Im Staubnebel verschwunden · 06/5448
Brad Ferguson, Das letzte Aufgebot · 06/5449
Kij Johnson/Greg Cox, Die Ehre des Drachen · 06/5751
J. M. Dillard/Kathleen O'Malley, Wahnsinn · 06/5753
Dean Wesley Smith/Kristine Kathryn Rusch, Invasion – 2: Soldaten des Schreckens · 06/5754
Pamela Sargent/George Zebrowski, Verhöhnter Zorn · 06/5756
J. M. Dillard, Star Trek VIII: Der erste Kontakt · 06/5757
Diane Carey, Tag der Ehre – 1: Altes Blut · 06/5763
John Vornholt, Der Dominion-Krieg – 1: Hinter feindlichen Linien · 06/5765
John Vornholt, Der Dominion-Krieg – 3: Sternentunnel · 06/5766
Peter David, Imzadi II · 06/5767
John de Lancie/Peter David, Ich, Q · 06/5768
J. M. Dillard, Star Trek IX: Der Aufstand · 06/5770
Greg Cox, Das Q-Kontinuum 1: Die galaktische Barriere · 06/5771
Greg Cox, Das Q-Kontinuum 2: Die Entführung · 06/5772
Greg Cox, Das Q-Kontinuum 3: Der Widersacher · 06/5773

STAR TREK: DIE ANFÄNGE
Vonda N. McIntyre, Die erste Mission · 06/4619
Margaret Wander Bonanno, Fremde vom Himmel · 06/4669
Diane Carey, Die letzte Grenze · 06/4714

STAR TREK: DEEP SPACE NINE
J. M. Dillard, Botschafter · 06/5115
Peter David, Die Belagerung · 06/5129
K. W. Jeter, Die Station der Cardassianer · 06/5130
Sandy Schofield, Das große Spiel · 06/5187
Dafydd ab Hugh, Gefallene Helden · 06/5322
Lois Tilton, Verrat · 06/5323
Esther Friesner, Kriegskind · 06/5430
John Vornholt, Antimaterie · 06/5431
Diane Carey, Die Suche · 06/5432
K. W. Jeter, Das Böse · 06/5433
Melissa Scott, Der Pirat · 06/5434
Nathan Archer, Walhalla · 06/5512
Greg Cox/John Gregory Betancourt, Der Teufel im Himmel · 06/5513
Robert Sheckley, Das Spiel der Laertianer · 06/5514
Diane Carey, Der Weg des Kriegers · 06/5515
Diane Carey, Die Katakombe · 06/5516
Dean Wesley Smith/Kristine Kathryn Rusch, Die lange Nacht · 06/5517
John Peel, Der Schwarm · 06/5518
L. A. Graf, Invasion – 3: Der Feind der Zeit · 06/5519
Michael Jan Friedman, Saratoga · 06/5721
Diane Carey, Neuer Ärger mit den Tribbles · 06/5723

STAR TREK™

L. A. Graf, Tag der Ehre – 2: Der Himmel von Armageddon · 06/5725
Diane Carey, Der Dominion-Krieg – 2: Verlorener Friede · 06/5727
Diane Carey, Der Dominion-Krieg – 4: Beendet den Krieg! · 06/5728

STAR TREK: STARFLEET KADETTEN
John Vornholt, Generationen · 06/6501
Peter David, Worfs erstes Abenteuer · 06/6502
Peter David, Mission auf Dantar · 06/6503
Peter David, Überleben · 06/6504
Brad Strickland, Das Sternengespenst · 06/6505
Brad Strickland, In den Wüsten von Bajor · 06/6506
John Peel, Freiheitskämpfer · 06/6507
Mel Gilden & Ted Pedersen, Das Schoßtierchen · 06/6508
John Vornholt, Erobert die Flagge! · 06/6509
V. E. Mitchell, Die Atlantis Station · 06/6510
Michael Jan Friedman, Die verschwundene Besatzung · 06/6511
Michael Jan Friedman, Das Echsenvolk · 06/6512
Diane G. Gallagher, Arcade · 06/6513
John Peel, Ein Trip durch das Wurmloch · 06/6514
Brad & Barbara Strickland, Kadett Jean-Luc Picard · 06/6515
Brad & Barbara Strickland, Picards erstes Kommando · 06/6516
Ted Pedersen, Zigeunerwelt · 06/6517
Patricia Barnes-Svarney, Loyalitäten · 06/6518
Diana G. Gallagher, Tag der Ehre – 5: Ehrensache · 06/6530

STAR TREK: VOYAGER
L. A. Graf, Der Beschützer · 06/5401
Dean Wesley Smith/Kristine Kathryn Rusch, Die Flucht · 06/5402
Nathan Archer, Ragnarök · 06/5403
Susan Wright, Verletzungen · 06/5404
John Betancourt, Der Arbuk-Zwischenfall · 06/5405
Christie Golden, Die ermordete Sonne · 06/5406
Mark A. Garland/Charles G. McGraw, Geisterhafte Visionen · 06/5407
S. N. Lewitt, Cybersong · 06/5408
Dafydd ab Hugh, Invasion – 4: Die Raserei des Endes · 06/5409
Karen Haber, Segnet die Tiere · 06/5410
Jeri Taylor, Mosaik · 06/5811
Melissa Scott, Der Garten · 06/5812
David Niall Wilson, Puppen · 06/5813
Greg Cox, Das schwarze Ufer · 06/5814
Michael Jan Friedman, Tag der Ehre – 3: Ihre klingonische Seele · 06/5815
Christie Golden, Gestrandet · 06/5816
Dean Wesley Smith/Kristine Kathryn Rusch/Nina Kiriki Hoffman, Echos · 06/5817
Christie Golden, Seven of Nine · 06/5818
Diane Carey, Endspiel · 06/5823

STAR TREK: DIE NEUE GRENZE
Peter David, Captain Calhoun · 06/6551
Peter David, U.S.S. Excalibur · 06/6552

STAR TREK™

Peter David, Märtyrer · 06/6553
Peter David, Die Waffe · 06/6554

STAR TREK: DIE BADLANDS
Susan Wright, Die Badlands 1 · 06/6475
Susan Wright, Die Badlands 2 · 06/6476

DAS STAR TREK-UNIVERSUM, 2 Bde.,
von *Ralph Sander* · 06/5150
DAS STAR TREK-UNIVERSUM, 1. Ergänzungsband
von *Ralph Sander* · 06/5151
DAS STAR TREK-UNIVERSUM, 2. Ergänzungsband
von *Ralph Sander* · 06/5270

Ralph Sander, Star Trek Timer 1996 · 06/1996
Ralph Sander, Star Trek Timer 1997 · 06/1997
Ralph Sander, Star Trek Timer 1998 · 06/1998
Ralph Sander, Star Trek Timer 1999 · 06/1999

William Shatner/Chris Kreski, Star Trek Erinnerungen · 06/5188
William Shatner/Chris Kreski, Star Trek Erinnerungen: Die Filme · 06/5450

Phil Farrand, Cap'n Beckmessers Führer durch
STAR TREK – DIE CLASSIC SERIE · 06/5451
Phil Farrand, Cap'n Beckmessers Führer durch
STAR TREK – DIE NÄCHSTE GENERATION · 06/5199
Phil Farrand, Cap'n Beckmessers Führer durch
STAR TREK – DIE NÄCHSTE GENERATION – Teil 2 · 06/6457
Phil Farrand, Cap'n Beckmessers Führer durch
STAR TREK – DEEP SPACE NINE · 06/6458

David Alexander, Gene Roddenberry – Die autorisierte Biographie · 06/5544
Judith & Garfield Reeves-Stevens, Star Trek Design · 06/5545
Nichelle Nichols, Nicht nur Uhura · 06/5547
Leonard Nimoy, Ich bin Spock · 06/5548
Lawrence M. Krauss, Die Physik von Star Trek · 06/5549
Judith & Garfield Reeves-Stevens, Star Trek – Deep Space Nine:
Die Realisierung einer Idee · 06/5550
Herbert F. Solow & Yvonne Fern Solow, Star Trek: Das Skizzenbuch –
Die Classic-Serie · 06/6469
Judith & Garfield Reeves-Stevens, Star Trek – Phase II: Die verlorene Generation ·
06/6470
Herbert F. Solow/Robert H. Justman, Star Trek – Die wahre Geschichte ·
06/6499
J. M. Dillard, Star Trek: Wo bisher noch niemand gewesen ist · 06/6500

Diese Liste ist eine Bibliographie erschienener Titel,
KEIN VERZEICHNIS LIEFERBARER BÜCHER!